可燃物

［日］米泽穗信 著

钱苗苗 译

江苏凤凰文艺出版社

目录
CONTENTS

悬崖之下 - *001*

睡意 - *045*

救命之恩 - *103*

可燃物 - *157*

是真的吗？ - *211*

悬崖之下

二月四日，星期六晚上十点三十一分，群马县①利根公安局办公室接到一通求助电话。来电人叫芥见正司，是上毛雪上运动滑雪场的一位旅馆老板。他没有拨打110报警电话，而是直接联系了当地警察，并声称本应在晚餐前回来的客人没有回来。晚上十点五十九分，附近派出所的警察向老板了解情况，得知五名来自埼玉县埼玉市的游客中，有四名游客突然失联。

据独自回到旅馆的滨津京歌（三十四岁）称，下午三点左右，她与朋友们分开。四点左右，滨津回到旅馆房间等待朋友们回来。但直到日落时分，仍然没有一个人回来，也无法取得联系。出于担心，在晚上八点左右，滨津向老板芥见求助。

---

① 在日本的行政区域划分中，"县"是一级行政区，相当于中国的省级行政区。日本国内共有四十三个县。——译者注

到了晚上九点三十分，滑雪场的夜间开放时间已结束，他们仍然无法联系到那四个人。滑雪场的巡逻员也没有见到其他游客。于是芥见建议滨津向警方报案，但滨津坚持想再等等看。又过了一个小时，滨津仍在犹豫是否要报警。而芥见认为不能再等了，便直接拨通了利根公安局办公室的电话。基于这些信息，警察重点对滨津展开问讯。

滨津一行人的年龄都在三十岁上下，是初中时便相识的好友。当天上午十一点左右，他们到达滑雪场，把行李放在旅馆后，就去玩单板滑雪了。他们五个人都会单板滑雪，但熟练程度有所不同。其中三个人经常进行冬季运动，有一个是初学者，而滨津则是仅碰过两次滑雪板的新手。下午三点左右，他们一同乘坐滑雪场的电梯前往山顶。抵达山顶后，有人提议去野外滑雪，也就是去滑雪道之外的野外雪地里滑雪。尽管有人持反对意见，但因为听起来很有趣，大家最后还是决定试一试。滨津由于在练习场上滑得不太熟练，无法参与这项活动，只能一个人先坐电梯下山。

白天的天气不算差，但下午忽然下了一场短暂的雪，山顶附近的地区有可能出现暴风雪天气。警察综合考虑了一番，认为那四个人有可能由于准备不足而集体被困在了山上。于是，当地警察立即与利根沼田区域消防局合作，制订了遇险援救计划。

警察、消防队员、志愿者以及滑雪场的巡逻队组成了临时搜救队，等到第二天日出便出发进山。上毛雪上运动滑雪场由于其独特的雪质和地形，非常适合野外滑雪，每年都有许多滑雪爱好者进山。其中也有一些人运气不好或准备不足，所以近十年来这里发生过四起雪山遇难事件。因此，这里的很多人都有搜救经验。从制订计划到任务分配再到开始搜索，当地针对游客遇险事件的反应速度非常快。

　　上午八点四十七分，搜救工作开始约两个小时后，在距离滑雪场大约三百米的悬崖底部发现了两名目标人员——后东陵汰和水野正。他们似乎是在突如其来的暴风雪中迷失了方向，从悬崖上摔了下来。水野正立即被抬到山脚下，经过紧急处理后，用救护车送往医院。但后东陵汰却永远留在了原地。

　　他死了。

　　刚过正午，群马县公安局总部刑事科搜查一科的葛警官带领下属，抵达上毛雪上运动滑雪场。

　　死亡现场位于悬崖底部。先前抵达的鉴定人员和公安局的法医已经完成了检查工作，现场开放给刑警。

　　葛警官一脚踩进厚厚的雪中，走近尸体。

悬崖几乎垂直于地面，后东背靠在悬崖的斜坡上，眼睛睁得大大的。他的脖子左侧有大量出血，将雪地和后东的左半身染得血红。死者的脸上还有没顾得上刮的胡楂。虽然已经三十四岁，但看起来很年轻，像个学生。他的双脚固定在单板上，不自然地扭曲在身体右侧。身上穿着卡其色滑雪服，但衣服拉链却大开着，里面的贴身内衣卷起来，露出腹部。此外，现场还散落着围脖、针织帽、护目镜和手套，这些都由鉴定人员分别贴上了鉴定标签。葛警官没见过滑雪遇难者，但他知道，当一个人陷入低温症①后，严重时会感知错乱，甚至会脱掉身上的衣服。

主藤法医走到葛警官身边，两人简单地用眼神打过招呼后，葛警官便直截了当地发问："这边的温度，会让他冷得患上低温症，自己脱掉衣服吗？"

主藤法医摇了摇头："这要分情况。打个比方，如果他的贴身内衣是湿的，那么在低温下他的体温会迅速下降，很容易因失温引发感知错乱。"

他继续说道："你现在需要我这边的鉴定信息吗？"

---

① 低温症是指人体深处温度低于三十五摄氏度的状态，低温症可以直接或间接地造成死亡。在温度过低的环境中，人会脱去衣物，全身裸露；或将衣服翻起、暴露胸腹部等，这被称为反常脱衣现象。低温症致死时，往往伴随反常脱衣现象。——译者注

"请讲。"

"死者身上有受到暴力撞击的痕迹，存在多处骨折。至于死因，是颈动脉处的刺伤引起的大量失血。死亡时间推测在十到十四个小时之前。刺伤只有脖子一处。"

葛警官看着鉴定人员在现场四处走动，接着问道："凶器是什么？"

"现在只知道应该是一个尖锐的利器。"

葛警官默默地点了点头。主藤法医说完后，便径直蹲在尸体旁继续工作。

葛警官认为，犯罪嫌疑人必定是水野正。按照死亡时间推测，案发时间是在昨晚十点至凌晨两点之间。当时山里有第三个人的可能性很小，因此几乎可以断定犯罪嫌疑人就是一直在被害人身边的水野。陪同水野去医院的刑警用无线对讲机报告称，水野当前陷入昏迷，情况十分危险，医院正在努力抢救中。

葛警官拿出手机，屏幕显示没有一丝信号。不知是因为山谷的地形影响了无线电波的传播，还是因为这里人迹罕至，所以没有基站。总而言之，昨晚后东和水野都无法通过电话求救。

随后，葛警官抬头看向悬崖。面前的山体倾斜面非常陡峭，几乎没有积雪。在悬崖顶上可以看到凸出的雪檐，边缘垂着形状可怕的冰柱。葛警官招呼身边的下属，指着悬崖顶端。

"从上面到下面，有八米高吗？"

下属仔细地将目光从悬崖的顶部扫到底部，然后回答："有的。"

"去问带路人能不能爬上悬崖顶部。如果可以，让他带你去看看。对了，记得叫上鉴定科的人一起去。"

"明白。"

下属一脸严肃地转身离开。葛警官带队出警时，现场的氛围总是严肃得令人感到窒息，没有一个人敢有所懈怠。

葛警官接着找到鉴定科的队长樱井警官，樱井警官朝他挥了挥手，一边靠近葛警官，一边说道："提取不到脚印，搜救队和急救队把现场都踩乱了。我们没有办法判断现场是被破坏了，还是原本就没有脚印。"

"没办法吗……"

如果能发现从这里离开的脚印，事件的调查方向就会完全不同。只是，在救人第一的情况下，葛警官也不奢望脚印能完好无损地保留下来。

"现场还留下了什么东西？"

"除了被害人身上的物品外，目前能找到的只有针织帽、手套、围脖和护目镜。"

"滑雪杖呢？"

樱井警官立刻回答："没有滑雪杖。"

单板滑雪大多不用滑雪杖，但在野外滑雪时却经常会使用。话虽如此，被害人本来就不是特意来野外滑雪的，没有准备滑雪杖，倒也合理。

葛警官再次环顾现场。一个男人背靠着山体死在悬崖之下，尸体附近的雪地上印着杂乱的脚印，稍远处则覆盖着厚厚的新雪。不知何处传来流水的声音，说明此处是由于河流冲刷而形成的山谷。

现在还不能逮捕水野正，理由有两个。

其一，剩下的两名游客至今下落不明。

当时掉下悬崖的可能不仅是被害人和水野两人，说不定其他失踪者也曾和他们在一起。那么就有可能是第三个人或者第四个人杀了被害人并抛弃水野，自己离开了案发现场。

其二，也是更重要的理由——

葛警官轻声说道："没有凶器。"

樱井警官默默地点了点头。

刺伤后东陵汰颈部，伤及其动脉致其死亡的"尖头"凶器，并没有出现在现场。如果凶器在水野身上的话，应该早就在送去急救的路上被发现了。既然没有收到相关的无线电汇报，就可以认为水野身上并没有携带凶器，水野也就没有办法杀人。或者说，他是如何杀人的？

　　作案动机可以之后再详细调查。现在只要找到凶器，这个案子就了结了。换句话说，如果找不到凶器，就无法结案。如果能取得水野的口供也能帮助调查，但现在水野没有苏醒，不能进行问讯。要是为了听取口供而等上几天，结果水野否认一切，那就为时已晚了。

　　樱井警官开始抱怨起来。

　　"得让鉴定科全体出动扫雪了，看看是不是埋了凶器……我们来啃一啃这根'硬骨头'。"

　　时间到了下午四点，专案组把办公地点设在利根公安局，所有案件的相关信息都汇总到了这里。

　　负责指挥调查的是刑事科搜查一科的重案[1]调查指挥官小田警视[2]。小田警视以精明能干而闻名，晋升为指挥官后，成了一名协调型指挥官，着力于协调以搜查一科科长为首的上层领导和各个队伍的队长之间的关系。在这次调查会议上，他说了一句"老葛，你来推进"之后，再没有对会议进程发表任何意见。

---

　　[1] 指涉及人身财产安全的凶恶犯罪。——译者注
　　[2] 警视是日本警察级别的第六级。——译者注

被害人后东陵汰居住在埼玉县埼玉市，在当地经营一家酒类专卖店，已婚且有三个孩子。曾经在醉酒后纠缠酒馆店员并致其受伤，有伤人前科。经确认，昨天上午八点半，他和其他四个人从家里出发，一起乘坐私家车于上午十一点左右到达上毛雪上运动滑雪场。

后东陵汰的遗体上有多处挫伤痕迹，具体情况需要等待法医尸检后得出结论。但根据遗体的外部特征，可以判断死者的双腿已经骨折。负责汇报的刑警也对颈部的致命伤进行了详细的报告。

水野正则在埼玉市一家名为见沼建设的建筑公司工作，主要负责物资管理，目前未婚。他平时开车上下班，这次也是他驾车带四个人来到上毛雪上运动滑雪场。

独自回到旅馆的滨津京歌在埼玉市的岩槻亲密保育园工作，不是正式员工，目前单身。据滨津的证词称，其他四人平时交往较多，自己与他们其实不太熟悉，这是她第一次和他们参加团体活动。

现在失踪的两个人分别是一男一女。男性失踪者名叫下冈健介，今年三十四岁，已婚未育，目前是自由职业者。他是五人中单板滑雪经验最丰富的。根据滨津京歌的证词称，当时提议去滑野雪的是后东陵汰，而反对的是下冈健介。但之后由于后东挑衅他说他害怕了，下冈就没有继续反对。

女性失踪者名叫额田姬子，三十四岁，是埼玉市得所大宫柏青哥①店的店员。她在初中时经常与后东、水野、下冈三人一起玩耍，但成年后就很少来往了。这次收到活动邀请不好拒绝，为了避免尴尬，才叫上了朋友滨津一起参加。

以上信息均来自滨津京歌的证词。为了验证真伪，专案组已向埼玉市派出刑警进行走访调查。

接下来，送水野去医院的刑警站起来报告。

"水野正受了重伤。医生说他的肋骨、左手腕、双腿胫骨骨折，另外右前臂有开放性骨折，全身存在多处挫伤。被救出时他还有意识，但在运送过程中昏迷不醒。截至下午三点五十分，仍未恢复意识。根据CT（计算机层析成像）的结果，没有发现颅内出血，抢救手术也非常成功。如果不出现并发症，他应该很快会苏醒。"

调查资料中附有水野正的受伤部位图解，上面记录着医生的诊断：骨折处为右侧第六和第七肋骨、右桡骨、左手舟状骨及左右腓骨。病人全身多发性骨折，推测可能是从悬崖坠落时，身体与山体倾斜面发生碰撞导致。

"当时水野身上的物品有这些：首先是上下成套的橄

---

① 日本的一种弹珠游戏机，具有赌博性质。——译者注

榄色滑雪服，一顶红色针织帽，一个耳罩，护耳部分是白色的，弓架是黑色的；还有白色的护目镜、装有滑雪场一日使用券的臂带、黑色的围脖、深红色的靴子、黑色袜子、黑色的滑雪板固定器、荧光绿色带花纹的滑雪板、智能手机和焦棕色的两折钱包。钱包内的物品记录在附表中。我的信息就是这些。"

滑雪板固定器是将靴子固定在滑雪板上的工具。钱包里有现金一万六千零二十六日元、普通汽车驾驶证、员工证、器官捐献志愿登记卡、Suica 交通卡①，此外还有几张埼玉市店铺的积分卡。

葛警官问他："从现场到医院的途中，水野有没有可能扔掉随身物品？"

"没有。"刑警很快就回答了，似乎事先考虑过这个问题。

"水野的双手骨折了，运送的时候还用毛毯把他的全身裹得严严实实的。我看了搜救队在搬运时拍摄的照片，当时他的手无法伸到毯子外。稍后我会把照片共享给大家。"

"行。还有一个问题，根据水野受伤的程度，有没有可能实施犯罪？"

---

① 由 JR（日本铁道）东日本旅客铁道开发的可再充值、非接触式智能卡。可以用于地铁、公交等交通工具，也可在部分便利店使用。——译者注

"这恐怕……"

话说到一半,刑警的话锋一转。

"我不能直接下定论,之后我会向医生求证。"

葛警官点点头,表示问讯所需的许可证会在会议结束后给他。

报告结束后,刑警坐下,下一个报告人站起来。

"我们已向搜救队确认了发现被害人和水野时的情况,证实案发现场附近没有第三者的脚印。在急救人员到达之前,搜救队已经铲出了一条路。另外,我们也向所有人确认了在救援时有没有捡到或带走任何东西,得到的答复都是没有。我这边的报告就是这些。"

"当地的雪是什么时候停的?"

另一位刑警回答:"我咨询了气象局,四号当天下午四点以后,现场周围一直是阴天,没有观测到降雪。这与滑雪场工作人员的证词一致。"

后东陵汰的死亡时间是在深夜。那么就不存在凶手在离开现场后,大量降雪掩盖他足迹的可能性。

"了解,下一个。"

一名脸颊被冻得通红的刑警举起手,开始报告。他是受葛警官之命,去悬崖上勘验的刑警。

"从现场爬到悬崖顶上,需要先过一条溪流,然后再爬上陡坡。向导说现场周边雪堆多,地形又陡峭,如果没有装备,爬到悬崖顶上是不现实的。另外,搜救队在搜索周边时发现了通往悬崖的两条雪痕。虽然因为降雪而变浅了一些,但仍不难辨认。具体情况请看我手里的照片。目前,鉴定科正在对周边进行调查,但尚未发现其他遗留物。以上是我的报告。"

雪痕是指滑雪、雪橇、单板滑雪等运动在雪地上留下的痕迹。跌落悬崖的是后东和水野两个人,他们是用滑雪板滑雪的,所以留下两道雪痕是合理的。

另一名刑警举起手:"后东陵汰的遗体已经运到了前桥大学。我们也申请到了尸体解剖许可,现在桐乃教授正在进行司法解剖。由宫下警官在桐乃教授那边等待结果。以上是司法解剖的进展。"

葛警官已经事先打电话给前桥大学医学部的桐乃教授,告知他目前凶器不明,并要求特别注意伤口的形状。桐乃教授应该会在得出伤口观察结论后,给葛警官打电话。目前,关于凶器的调查只能等待桐乃教授的报告。葛警官接着催促下一个人进行报告。

"我们对昨晚入住的旅客进行了询问,但目前暂未排查到与被害人一行人接触过的人……"

就在这句话说到一半的时候,会议室的门静悄悄地开了,当地辖区的刑警蹑手蹑脚地走了进来。正在汇报的刑警停止发言。葛警官对这个突然闯入的刑警低声问道:"什么事?"

这位新人刑警一脸稚嫩,虽然似乎被会议室内严肃的气氛震慑,但仍然简洁明了地回答:"我们找到了额田姬子,她还活着。"

会议室里的人议论纷纷,小田指挥官不再沉默:"情况怎么样?"

"虽然她有些不清楚状况,但应该没有受伤。现在正在滑雪场的办公室里吃饭。"

小田指挥官将目光投向葛警官。葛警官心领神会,迅速下达指令。

"会议结束后我会派人跟进。你先回去,安抚一下额田。"

"好的。"

与进来时的蹑手蹑脚形成鲜明对比,刑警一路小跑着离开了会议室。

一丝放松的气氛在刑警们之间蔓延。虽然大家对擅自去野外滑雪而导致遇险的鲁莽旅客感到生气,但一听说旅客还活着,首先感到的还是庆幸。

为了让气氛再次严肃起来,小田指挥官说:"老葛,继续会议。"

"好。"

葛警官环视一圈刑警们，继续让其他人汇报案件信息。

在调查会议的最后，葛警官重新分配了人手，将没有提供更多信息的调查人员调到缺少人手的调查小组中。调查小组中首屈一指的问讯能手佐藤警官之前被派去了埼玉市，因此对额田姬子的问讯由排在第二位的村田警官负责。同时，葛警官也亲自参与旁听。

搜救基地设在上毛雪上运动滑雪场的事务所里。虽说是基地，但也只有常驻的消防负责人和一台无线电设备，显得极其简陋。额田姬子坐在房间角落的折叠椅上，肩上披着毯子，正一口口地啜饮白开水。事务所很大，谈话内容不会被别人听到。

由于涉案人员的照片还不齐全，滑雪场里的刑警都不知道额田的长相。额田低着头，肩膀颤抖，看上去憔悴得厉害，但那是因为刚被解救，所以情况特殊。如果是平时，她看起来应该会精神一些。葛警官看着她坐着的模样，推测出她的身高大概一百五十五厘米。

也许是注意到村田警官和葛警官走近了，额田抬起头来，向二人投去带着疑问的目光。在她说话之前，村田警官自报了身份。

"我们是群马县的警察,敝姓村田,这位是葛警官。您是额田姬子女士吧?很高兴看到您平安无事。"

"警察……"

额田有些不安地嘟囔着,这是警察们听惯了的语气。当知道来搭话的人是警察时,人们总是会发出些不安的声音。

"那个……我……做了什么?"

额田似乎还不知道后东遇害一事。村田警官瞥了葛警官一眼,见葛警官点头示意,便拿起警察手册和笔,沉痛地说道:"不,我不是说您。其实,是后东陵汰先生被杀害了。"

"啊!"

额田一时不知道该说些什么,只是问:"被杀了……被谁?"

"目前还不能确定。所以,我想和您了解一下情况。"

村田警官正要开始提问,葛警官把手放在村田警官的肩上,说:"当时,水野先生在后东先生的身边。"

额田的反应很大,她睁大眼睛,倒吸一口气,喊道:"露馅了!"

村田警官没有感到惊讶,就像早就猜测到额田的反应一样。

"露馅了？是指什么事情？请告诉我们。"

额田立刻慌张地挥手："没有，没什么。"

"额田小姐，这可是一起杀人事件。您这样会让我们很为难。后东先生对水野先生隐瞒了什么，对吧？具体是什么事呢？"

"也可能是我误会了。"

"误会与否将由警方来确认，这就是我们的工作。"

"可是……"

村田警官沉稳而又坚决地说着，但额田仍然犹豫不决。一直在旁观的葛警官猜想，如果继续拖下去，额田可能会选择说谎，他们没有时间被谎言所耽误。于是，他抢在村田警官之前说："额田小姐，如果你不想说，我们不会勉强。"

额田顿时松了一口气，然而葛警官接着说："我们也向埼玉市派遣了警察，我会让他们去问问你的亲朋好友，看看额田姬子小姐所说的'露馅了'是什么意思。"

"啊，这……"

额田的脸色陡然变了。

与此同时，村田警官也露出一副吃了苍蝇般的表情。村田警官有一套自己的问讯方法，但他的上司葛警官却采用了他所不推崇的、极为危险的问讯方式。

这种做法完全无视了村田警官作为"二把手"的尊严。

"到时候会说出我的名字吗？"

额田用细若蚊蝇的声音问道。对此，葛警官干脆地回答："这是肯定的。我们也会在后东先生的家里和额田小姐的工作单位分别询问是否有知情人。"

额田的内心在动摇。村田警官不会因为对上司的反感而错失这个问讯机会，他马上试图引导对方说出实话："当然，如果您能在这里说明情况，就不用这么麻烦了。您觉得呢，额田小姐？后东先生到底隐瞒了什么呢？"

额田把本就小巧的身体缩得更小，凝视着杯子里的白开水。葛警官不再说什么，很显然，额田已经放弃了抵抗，剩下的只有等待。

额田叹了口气，开始说话："我可以告诉你们，但是你们要保证，不能说是我说的。"

"当然。"

"我想，你们已经知道，水野的母亲已经去世了。那次事故，其实是后东造成的。"

警方在调查案件时，首先会调查涉案人员是否有配偶和子女。至于父母是否健在，除非有特别的理由，否则一般不会优先调查。虽然目前还没有收到水野母亲死亡的消息，但葛警官和村田警官都摆出一副早就知道的样子。

"后东的脾气本来就很暴躁,一握方向盘就更暴躁了……经常故意影响其他车辆。我不喜欢这样,也劝过他很多次,让他别这样做,可他根本不听。水野的妈妈是驾驶时突然开到对面的车道上,撞上了搅拌车而去世的。但那其实是因为当时在前面行驶的后东突然踩了刹车。"

村田警官用笔快速记录下额田姬子的话。

"因为那次事故,水野后来的生活过得非常辛苦……由于越过中线的是水野的妈妈,所以还需要给对方司机赔偿。但后东什么也没说,在水野发牢骚的时候就假装在听,之后又在背地里嘲笑他。如果这件事露馅的话……水野生起气来也是很吓人的,所以我一直都很害怕。"

村田警官问:"这次来滑雪之前,水野先生没有发现事故发生的原因吗?除此之外,他还有没有和平时不一样的地方呢?"

额田沉默了一会儿,摇了摇头。

"应该没有。一直都是后东把水野拉出来玩,水野虽然心里很不愿意,但脸上还是和颜悦色地笑着。这次也是一样。如果水野其实知道那场事故的真相,并且隐瞒着这件事……"

额田停顿了一下,低着头,神经质地反复说着:"我不知道……我真的不知道。"

"我们会对此进行调查的。另外,我还想问一下昨天的事情。"

村田警官换了个话题。

"当时是谁提出去森林滑野雪的?"

"那是……"

也许是一直想着之前的问题,额田脸上露出了惊讶的神情。

"呃……那个,我已经和滑雪场的人说过了。"

"那就请您再说一次。"

"啊……好吧。提出要去滑野雪的,是后东。"

"对此,其他人是什么反应?"

"下冈说没有带装备,还是算了。滨津说自己本来就是新手,根本不可能滑野雪,也不可能一个人从雪道上滑下去。"

"那你和水野呢?"

额田无力地笑了。

"我……我知道后东这个人,话一旦说出口就不会再改。而且我觉得只要去一趟,再马上回到雪道,他应该就满意了,所以我就同意了。水野也说很危险,不要去,但他也没有坚持到底。最后下冈也没有再反对。"

额田的供述与滨津的供述一致。

"后来怎么样了？"

"刚开始滑的时候，下冈就摔倒扭到了脚。他应该是所有人中滑得最好的，但他说他是第一次在野外滑雪，所以还不熟练。当时我们刚从森林里往下滑，还能看到上面的雪道。但是因为脚都固定在滑雪板上，向上爬很麻烦，所以决定先继续滑下去。过了一会儿，下冈说他的脚没什么事，于是大家一起滑了下去。但是雪下大了……本来在我们前面滑雪的后东和水野忽然不见了。后来下冈说扭到的脚还是很疼，他让我帮忙叫人，可是我的手机没有信号。没办法，我只能一个人滑下去，当时已经分不清山脚所在的方向了。我不想就这样死在山里，所以用滑雪板代替铲子挖雪，在雪洞里面过了一个晚上。"

"你挖雪洞了吗？真是个聪明的做法啊。"

额田盯着手中的杯子，小声说道："我在漫画里见过……"

额田很担心下冈的安危，然而，葛警官他们没有得到任何关于下冈的信息。

"关于水野母亲的事故，我会向埼玉县的警方查询。"

一走出搜救基地，村田警官就这样说道。

"交给你了。"

"队长,如果那件事属实,额田怎么会知道后东与事故有关呢?"

葛警官简短地回答:"当时她也在后东的车上吧。"

"啊……"村田警官面露苦涩之色,"看来在背后嘲笑水野的,不止后东一个人。"

"把额田讲的事告诉佐藤,我先回会议室。"

"好的。"

葛警官坐上下属驾驶的车,命令他去利根公安局。这个下属是刚工作两年的新警察。山间日落得早,四周已经漆黑一片。车头大灯的光束中,闪烁着细小的雪花。根据天气预报,今夜的降雪将进一步加剧。沿着蜿蜒的小路驶向市区的路上,葛警官心里一直在想着下落不明的下冈。

后东和水野跌落悬崖时的雪痕还在,所以山中应该有额田留下的雪痕。如果从发现额田的地方沿着雪痕走,很可能就能找到下冈。但实际上,搜救队搜索了一个小时也没有找到下冈。也许是有什么原因导致雪痕消失了,或者是下冈自己乱跑了。一旦太阳落山,搜索就会终止。如果在此之前还找不到下冈,他的存活率将微乎其微。葛警官相信杀害后东的凶手及其作案手法最终一定会被找到,但对于下冈的生死,他却无能为力。人命的分量实在太重了,不能用职责不同来逃避这个问题。

葛警官的手机接到一通电话,屏幕上显示着前桥大学医学部桐乃教授的名字。

"是我。"

"我是桐乃。关于滑雪场的案件,你之前说想先听一下伤口的信息。"

"麻烦你了。"

"事先说明,我接下来说的都是临时判断,正式的鉴定书稍后会送到你那里……话虽如此,我认为结果不会有很大偏差。准备好记笔记了吗?"

"准备好了。"

事实上,葛警官此时正在录音。从电话的另一端传来纸张翻动的声音。

"伤口深四点二厘米,形状接近三角形,边长在一点五厘米到二厘米左右。尖端部可以认为是尖锐的三棱柱。"

"三棱柱吗?"

葛警官下意识地重复桐乃教授的话。

"是不是锥状的,尖端很细,朝底部逐渐变粗的那种形状?"

"听起来你好像想到了什么……"

桐乃教授这样说，随后却断言道："那是不可能的。凶器除了尖端部是尖锐的之外，柱身是大致笔直、粗细均匀的，类似棒状的物体。类比的话，它更接近于一根细细的木棍。但请注意，我所说的三棱柱只是一种比喻，你可以理解为'凶器的横截面至少不是圆形'。"

"我明白了。"

"而且，虽说凶器的尖端很尖锐，但并不像刀具那样锋利。伤口的边缘不整齐，所以与其说凶器被磨得很锋利，不如说它只是尖端很尖锐。"

在葛警官的脑海中，各种符合条件的凶器不断浮现又消失。

"伤口周围有压痕，可能是什么人压住了被害人的颈部。"

"你是说他被人掐着脖子吗？"

对话暂时停下。葛警官猜想，大概是桐乃教授又去查看了一下后东的遗体。

"不像，更像是用力按住伤口。我猜……可能是要止血吧。因为被害人的右手沾有大量的血液，所以有可能是被害人自己按住了伤口，这个推测比较合理。不过，颈动脉的破裂不是按住伤口就能止住出血的，顶多能多活几秒钟吧。"

葛警官回忆起案发现场。为了救援被困的人员，杂乱的脚印踩乱了周围的积雪。即便如此，现场仍留有大量血迹。

"嗯，伤口的观察结果就是这些。"

葛警官听出了桐乃教授话中的犹豫，似乎还有什么话没说。

"没有其他信息了吗？"

葛警官的提问让桐乃教授感到有些不悦，他并没有想要隐瞒。

"在伤口内部，还可以看到微量凝结的血液。"

葛警官无法理解这句话的意思，沉默了片刻，问："意思是有毒物反应吗？"

葛警官知道几种能凝固血液的毒素。

电话那头，桐乃教授不服气地沉声道："毒……嗯，广义上来说算是毒吧。这应该是血，有另一种血型的人血流到了被害人的伤口里。"

葛警官闻言，紧紧地握住了手机。

"为什么会这样？"

"我不知道。"桐乃教授加强语气道，"我不是来调查这件事的。"

"您说得对，是我失态了。"

"不，你不用在意。被害人的血型是 A 型，Rh 阳性。所以，流入被害人伤口的血液应该是 B 型或 AB 型。此外，全身的骨折和挫伤处都有生活反应，可以看作是从悬崖上摔下来时受的伤……就说这些可以了吗？我不能把遗体就这样晾着。"

虽然葛警官还有很多其他的问题想问，但桐乃教授说："另外，我要先把已知信息告知在场等候的人，再见。"

说完就挂断了电话。

葛警官将手机放回口袋，消化着收到的新信息。血液的事确实有疑点，但这次通话更重要的内容是伤口的形状——也就是关于凶器形状的信息。

凶器的横截面不是圆形，凶器本身更像是一根直棍，一端很尖锐。葛警官闭上眼睛，回想起白天看到的案发现场。靠在崖壁上的后东的尸体，被踩踏的积雪，陡峭得无法积雪的崖壁，悬崖上伸出的雪檐……

案发时，后东的身边只有水野。水野的随身物品中并没有与桐乃教授的观察结果一致的物品。那么，水野是如何刺杀后东的？或者，是否需要从"犯罪嫌疑人是水野"这一猜想重新思考？

车到了利根公安局门口，开车的下属只说了一句："到了。"

葛警官张开嘴:"等等……"

刚要说完,就咽下了后半句:"没事,我们走吧。"

葛警官需要时间来仔细思考,但现在根本不可能有这个空闲。

会议室里,刑警们手里都握着许多信息,等待着葛警官的到来。葛警官首先把桐乃教授的意见告诉了刑警们,并把自己的手机交给刚才开车的年轻下属,让他记录与桐乃教授通话的内容。接着,葛警官开始接收排队准备汇报的刑警们的报告。这些报告的内容总体上仍停留在已知的情况上,只有一条信息可能有助于查明事件的真相——那便是医生关于水野双手的病情诊断。

"这是水野的主治医师,也就是利根综合医院整形外科的饭冢医生所提供的信息。"刑警一边查看笔记,一边报告道。

"水野的右手应该抓不了什么东西,而左手是舟状骨骨折,可以做一些动作。"

"'一些动作'是什么意思?"

"医生说水野虽然可以做动作,但应该不能用力抓握或拿重物。"

获得这些情报后,葛警官让下属们先去吃饭,而他自己则匆匆吞下一个面包和牛奶咖啡，只用了不到五分钟就解决了晚餐。

接着，他收到了被派到埼玉市的佐藤警官发来的邮件。邮件中写道：涉案的五个人是初中同学，除了这次被叫来的滨津京歌之外，其余四人在毕业后一直保持着联系。在这四人团体中，后东占主导地位，水野和下冈无法反对后东的决定，这种关系一直持续到毕业后近二十年的今天。

邮件中还提到了水野母亲的意外死亡。事故发生在四年前，搅拌车司机也在车祸中丧生。水野母亲购买的保险对人身伤亡的赔偿没有上限，但对财产损坏的赔偿金额有限。因此，除去保险赔偿的部分外，水野家还需承担巨额的赔偿。当时水野的父亲受打击过重，倒下了，家里的房子也卖了。那段时间，水野不得不忙于照顾卧病的父亲和偿还债务。

从邮件发送的时间来看，佐藤警官写邮件的时间，正好是他们向额田询问情况的时候。不过，佐藤警官并没有调查到事故的原因在后东身上。相关信息应该已经通知到佐藤警官了，他现在大概正在重新走访调查。时钟上的指针还没走到七，结束调查还为时尚早。葛警官给佐藤警官拨打了一通电话。佐藤警官似乎恰巧有空，电话很快就接通了。

"我是佐藤。"

对面的声音略显生硬，但葛警官并不在意，他直接开口说："我看到你的报告了，很详细。你应该从村田警官那里听说了水野母亲的事吧？"

"是的……这边交警的脸色不太好。他们坚持说当时的车祸按事故处理没有任何问题。"

"他们肯定会这么说。如果你觉得问不出来的话，就让我去沟通。我这儿有个信息，从被害人体内发现有 B 型或 AB 型血液。你再去了解一下涉案人员的血型。"

"涉案人员的血型是吗？好的。"

"水野的右手手腕处断了，你知道他的惯用手吗？"

电话那头马上回答："右手吧。我在水野老家看到了他打棒球的照片，他习惯右手投球。以防万一，我再向他的父亲确认一次。"

如果水野是右撇子，那仅靠左手很难脱下后东的衣服。所以基本可以判断，后东脱衣服应该是体温下降导致的反常行为，这与当初的判断一致。

葛警官说："好的，拜托你了。"

挂断电话后，葛警官重新整理办公桌上的文件。他从众多文件中找出鉴定科的报告，翻到写有被害人随身物品的那一页。

葛警官再次查看了现场遗留物品的清单。尽管他也拿到了关于水野正随身物品的报告,但其中并没有任何物品像是凶器。因此,只能推测凶器在后东身上。葛警官的目光停留在遗留物品清单上,开始认真地审视。

现场散落的物品包括后东的针织帽、手套、围脖和护目镜。后东身上的物品有:衣物类(贴身内衣、法兰绒衬衫、毛衣、棉内裤、袜子)、成套的滑雪服、滑雪场使用券(臂带型)、滑雪板、滑雪板固定器、靴子、智能手机和二折钱包(内含现金及一些卡片、普通机动车驾驶证)。

确认完遗留物品清单后,葛警官又仔细查看了拍摄的照片。他逐一排查,仔细查看是否有疑似凶器的棒状物品存在。

半个小时过去,葛警官仰起头揉揉眼睛——没有任何发现。后东身上的物品中,没有一个可以用作凶器的。凶器既不是后东的物品,也没有被凶手伪装成后东的物品。

他低头翻阅文件,比对现场的照片。悬崖之下,后东靠在斜坡上,他的脖子上有一道血淋淋的伤口,喷出的鲜血染红了他半个身体。

"究竟是用什么凶器杀害了后东?"

或者说,之前的推理里有什么根本性的错误吗?有没有可能这并不是谋杀,而是意外,或者自杀呢?凶手真的只有水野吗?到目前为止有没有什么疏漏……

时间已经过了晚上十一点。

利根公安局的警员在道场①打上了地铺，葛警官的同事们大多不是在洗澡，就是已经钻进被子里，以此来养精蓄锐。

葛警官一个人坐在会议室里，终于有了充足的思考时间。

凶手几乎可以确定是谁，但凶器的缺失令这个案子无法结束。他必须迅速且准确地指挥大家调查出真相。

会议室里所有的灯都开着，把室内照得亮堂堂的。葛警官把调查过程中得到的照片和报告都打印出来，摆在自己周围。他喝了口茶，沉思着。

现在有两种可能性。

第一种可能性是，凶器就在现场，但警方没有意识到它是凶器。

第二种可能性是，现场没有凶器。

从理论上讲，凶器就在现场但未被发现的想法是成立的。

---

① 在日本，警察必须学习柔道、剑道、擒拿等技巧。因此，在各个公安局、警察学校、警察总部等都会设置道场，以供警察学习、练习和切磋。——译者注

然而，葛警官排除了这种可能性。樱井警官率领的鉴定队伍非常优秀，从未出现过妨碍调查的情况，不可能会忽略现场留下的物品。他相信鉴定人员已经彻底搜索过现场的一切。在这个前提下，他再次进行推论。

首先，考虑第一种情况。现场的物品分为三类：水野的随身物品、后东的随身物品以及其他物品。

刚才已经确认过，后东的随身物品中没有能当作凶器的物品。如果用金属滑雪板固定器和有一定重量的滑雪板打人，确实可以致人死亡。但这次是刺杀事件，并不符合凶器的描述。

那么，水野的随身物品中，与后东重复的物品就可以排除在外。葛警官拿着笔，在水野的随身物品清单上逐一画线。滑雪板、滑雪板固定器、衣服、护目镜、针织帽、钱包……只剩下一样物品不是两人都拥有的。

"水野的耳罩？"

他仔细观察起耳罩的照片。护耳部分是白色的，弓架是黑色的。虽然葛警官手中没有实物，但可以上网查到生产厂家和商品名称，找到介绍商品的网站。

连接左右护耳的弓架由薄塑料制成，就算把护耳部分取下来，把弓架削尖，也很难用它刺死人。即使它的强度和锋利程度足以杀人，也不符合伤口的检验结果。

"说到底……"葛警官自言自语道。

假设水野加工了耳罩的弓架，将其变成了凶器。那么他是什么时候，又是如何加工的呢？不可能是在悬崖下用小刀或美工刀之类的工具来加工弓架。且不论没有找到小刀和美工刀之类的工具，也不考虑水野的双手是否受伤，这个假设仍然存在很大的问题……如果水野手中有这样的工具，用它刺杀后东不是更方便吗？

那么，如果水野事先将耳罩的弓架削尖，在滑雪期间伺机杀人呢？

"不太可能。"

额田姬子称水野母亲的死与后东有关，但水野对此并不知情。葛警官认为不能完全相信这个口供。

有可能水野早就知道事实，并且隐瞒了这件事，目前并没有证据能否认这种可能性。但假设水野知道事实后对后东怀有杀机，那么他一直藏着一个脆弱的塑料凶器伺机作案，就显得太不合理了——他完全可以随身携带绞杀用的绳子。

更重要的是，后东坚持要滑野雪，下冈受伤以及额田走散，后东和水野一起跌落悬崖，后东在受伤的基础上又患上低温症而做出反常脱衣的举动……没有人可以预料到这一整个过程。

因此，水野不可能事先在悬崖下准备凶器。既然水野没有事先准备，那么就有可能是一时冲动杀了后东。

所以，凶器不是耳罩，也不是其他什么东西。将随身物品加工成凶器的思路是错误的，凶器并不在它们之中。

如果不是随身物品，那么凶器有可能是现场的东西吗？

葛警官觉得这个猜想只是空谈，即使乍一看不像案发现场的遗留物，但如果有可能被用作凶器，鉴定人员也不会忽略。比如，如果现场掉落的枯枝是凶器，那么一根血迹斑斑的树枝一定会被发现，并被鉴定人员回收。

"因此，可以否定'凶器就在现场，但没有意识到它是凶器'的这个想法。"葛警官独自一人坐在会议室里，嘴里念念有词。

他喝了一口茶，好茶！看来利根公安局里有个擅长泡茶的警察。

桌子上的笔记本电脑收到了一封邮件，是目前在埼玉市的佐藤警官发来的，报告的内容很简洁：

以下为相关人员的血型和惯用手：

后东陵汰　　A型　　右利手

水野正　　　AB型　　右利手

额田姬子	B型	左利手
下冈健介	O型	右利手
滨津京歌	A型	右利手

葛警官马上回复"收到",并把佐藤警官报告的内容记在了手边的纸上。他习惯把资料放在自己周围以便思考,所以所有资料都必须写在纸上。

他又喝了一口茶,合上了笔记本电脑。

刚刚他把凶器的所在分为两种情况,并且否定了第一种情况。那么,第二种情况又如何呢?凶器根本就不在现场吗?

在这种情况下,就必须讨论脚印的问题。据下属的调查结果显示,搜救队接近悬崖下时,周围没有脚印。搜救队是一群人一起行动的,既然所有人都说悬崖下没有脚印,葛警官认为必须相信这个信息。

也就是说,除了后东和水野外,没有人靠近悬崖下,也没有人离开悬崖下。因此,没有人能从现场拿走凶器。

不,确切地说,有人在警察到达之前就离开了现场——搜救队和被救助的水野。但搜救队成员表示,他们除了救助水野外什么都没带走,这份证词还是可信的。水野在接受救援时被搜救队用毛毯裹着全身,即使他真的从现场带走了凶器，也无法在路上丢弃。如果凶器没有被中途扔掉的话，应该会记录在随身物品中，但是水野的随身物品中并没有凶器。

"没人带走……但是凶器从现场消失了……"

葛警官的脑海中，浮现出几种可能。

如果不考虑"在悬崖下"这个条件，从远处杀害被害人并回收凶器，这种做法是可能的。比如说，只要把凶器用线绑住，通过投掷凶器的方法杀死对方，然后拉着线带走凶器，这样就可以做到现场没有留下凶器。然而，再考虑到"在悬崖下"这个因素，这个所谓的"第三者通过远程手段杀死后东并收回凶器"的猜想，简直就是异想天开。

葛警官又开始喃喃自语："案发时间是晚上。"

作案时间在深夜十点至凌晨两点之间。而且昨晚的上毛雪上运动滑雪场及其周边都是阴天，没有一点月光或星光。在这种情况下，能从没有留下脚印的地方用投掷凶器的方法杀死被害人，可以说厉害到无法仅用身怀绝技来形容。如果说后东的坠崖是偶然的，那么突然冒出来这样一个会飞的道具，是非常不现实的。

不过，葛警官十分慎重地对待每一个猜想。他继续思索着，如果对后东"投掷"凶器是不可能的话，那么"落下"凶器呢？后东正在悬崖下等待救援，却没想到从悬崖上掉下来一个尖锐的东西，直接击中了他？

"还是不可能。"

葛警官有些自嘲地笑道。

冒出这种离谱的推理，正是开始疲劳的证明。

不止现场周边，悬崖上也同样没有脚印。悬崖上只有两道滑雪留下的痕迹，没有其他可疑的地方。

葛警官一口气喝完杯中的茶，又用茶壶续上。

要说完全不可能的手法还有一个，就是水野在悬崖上杀死后东，然后再把尸体运到悬崖下。从桐乃教授的司法解剖结果来看，坠落悬崖时后东还活着。最重要的是，现场留下了大量的血迹。所以，杀人的第一现场肯定是在悬崖下。

那么，第三个人从远处取回凶器的可能性也不存在了。但是藏匿凶器的方法，不仅仅是带走凶器。他放下茶杯，拿起笔，开始在纸上潦草地写起来。

"焚烧。"

"沉河。"

"掩埋。"

每一个都是葛警官这些年来实际见过的藏匿凶器的手段。杀人犯千方百计地企图藏匿凶器，好像这样做，罪孽就会消失似的。这一次，会是哪种呢？

哪一种都不太像。两人的随身物品中没有点火的工具，现场也没有发现燃烧后留下的残渣。悬崖下倒是有一条细细的河流，但现场没有任何脚印是朝向它行进的。掩埋是最容易想到的、最简便的掩藏方法，鉴定科的樱井警官应该也是想到了这一点，才会下令进行现场搜索。可是如果这样都没有找到的话，那看来雪中真的没有凶器。

此外，还有其他方法能让凶器消失吗？温热的茶水入口，他凝视着茶杯，提笔写下"吃掉"二字。

葛警官觉得，这种猜想至少比焚烧或沉河更有可能。与焚烧或沉河不同，如果只是吃掉的话，只要有一个身体就可以完成，可是……

葛警官沉吟着："不对。"

刚才已经否定了水野事先准备好凶器的可能性。在那座悬崖下，是否存在既能加工，又能刺死后东，最后还能吃掉的东西呢？

葛警官的视线徘徊在众多现场的照片上。

雪花、悬崖、冰柱、遗体、脚印……

吃掉，放入体内。

夜晚，在那座积雪覆盖的悬崖下，有一种坚硬且尖锐的东西，它足以刺破后东的颈动脉。

鲜血。

下属上报的大量信息，在葛警官的大脑中循环出现。

手机铃声响了起来,葛警官的沉思被打断。他抬起头,来电者是在利根综合医院的刑警。

"是我。"

"队长,对不起,这么晚了打扰您。"

"怎么了?"

"水野的意识恢复了,但他出现了并发症,现在病情危重,医生也不确定会怎样。"

葛警官站起来,立即走向会议室的门口。

"我马上去医院向水野询问情况。你先去和医生沟通,告诉他我们只需要一分钟。"

"好的。"

挂断电话后,葛警官立刻给另一个下属打电话——把在道场休息的新人叫了出来。

"水野的意识恢复了。现在去医院,你去开车。"

葛警官没有理会对方慌张的回答,直接挂断了电话。在寂静的公安局里,葛警官的脚步声显得格外响亮。

必须让水野招供,必须揭露他的罪行……即使嫌疑人已经病危。

五分钟后,葛警官坐上了车。他命令下属加快速度,刺耳的警笛响起,窗外下雪的街道被灯光照得红黑交织。利根公安局和利根综合医院相距不远,刚上车没多久,他们就到了医院门口。葛警官刚下车，下属就已经在门口接他了。

"在404号病房，我来带路。"

"好。得到医生的同意了吗？"

"是的。不过医生坚持要陪同问讯。"

"可以。"

乘电梯上到四楼，他们快步走过已经熄灯的医院走廊。唯一在油毡地板上倒映出光的，便是404号病房。站在病房前的白衣男子皱起了眉头，他自称是主治医生笹尾。

"让我见见水野。"

"病人的病情正在恶化。从目前的情况来看，我不建议你们进去。"

"医生，您也一起来。您说停止我们就停止，这样可以吗？"

"好吧。"

"请。"

笹尾医生打开身后的房门，门缝漏出的光线突然变得强烈。

眼前的水野可能因为被困在雪地里时失去了大量体力，现在看上去非常虚弱。他戴着氧气面罩，脸上满是胡楂，颧骨凸出，面色苍白。

水野微微睁开眼睛，看了一眼葛警官，又很快闭上眼睛，仿佛睡着了一样。

"我是县公安局搜查一科的，我姓葛。现在正在调查后东陵汰遇害一案，请你配合调查。"

水野目前还不能说话，他点点头，微弱到几乎无法分辨是点头，还是因呼吸引起的胸部上下起伏。

"水野正，是你杀害了后东吗？"

水野没有反应，他的眼睛仍然闭着。

"你昨晚在悬崖下刺中后东的脖颈，并将其杀害。没错吧？"

"……"

是没有反应，还是保持沉默？笹尾医生不停地看向葛警官。葛警官知道，如果下一个问题水野还没有反应，这位医生会马上叫停问讯。

这是最后一个问题，必须问到关键点。深夜的山中，悬崖下，水野正用什么东西杀了后东陵汰？为什么找不到凶器？葛警官的脑海里，突然浮现出在会议室写下的"吃掉"一词。

葛警官说道："你用骨头刺杀了他吧？"

水野的右手腕骨折了，右桡骨骨折。那些报告是正确的，但不够详细。葛警官感到有些懊悔，当时听到水野接受手术的报告时，自己就应该意识到的——那是什么手术？

是骨折复位手术。水野的右手腕是开放性骨折。骨头断了，皮肤被骨头刺破，骨头露了出来——就像木桩一样。

骨折也有很多种形式，没有资料可以否认露出来的骨头可能是尖的。

用尖锐的骨头抵在后东的脖颈上，然后刺穿。后东的血和水野的血混在一起，在伤口处留下了血液凝集反应。而凶器，则通过手术藏在了水野的体内，所以警方根本找不到。

水野的眼睛睁开了，他大口吸气，竭力挤出声音："不是，不是我用骨头去刺的他。"

他的眼睛微微弯起来，笑了："是骨头自己不小心刺进去的。"

勉强说完这些，水野长长地吐出了一口气。

没有人能确切地知道悬崖下发生了什么。已知的是，后东当时已经出现了反常的脱衣现象，水野的母亲因为后东而死亡，还有水野的右手腕骨折端外露。后东与水野当时应该发生了争吵。在争吵中，是水野将自己的手腕骨头用力刺向后东的脖颈，还是如水野所说，骨头不小心扎进去的呢？这大概是永远的谜了。

开放性骨折由于伤口较大，很容易引起感染，而他人的血液则是强烈的感染源。水野之所以出现并发症，或许是因为断骨接触到了后东的血液……这是无法证实的推测，因此没有写在报告里。不过，葛警官在心里是这样推断的。

在小田指挥官的同意下，葛警官向前桥地方法院申请了对水野正的逮捕令。但因考虑到他无逃亡之虞，申请未获批准。水野最终没有从病床上爬起来，经过十一天与病魔的斗争，他死于败血症性休克。检察机关因犯罪嫌疑人死亡，最终决定不起诉。后东陵汰被害案的调查就此终结。

下冈健介在遇险两天后，自己下了山。得知后东死亡的消息后，下冈和额田一样大喊"露馅了"。

深夜时分，葛警官队里的刑警们得知了自己的上司抢先破案的消息。他们不认为葛警官是个好上司，但他是个优秀的警察，这一点毋庸置疑。

睡意

九月三日下午四点十五分左右，在群马县藤冈市的北平井地区发生了一起抢劫伤人事件。被害人是独居的金井美代子（七十六岁），被人重击头部导致颅骨凹陷性骨折。她被住在附近的女儿发现时，正因重伤而倒地不起。由于屋内有被翻动的痕迹，且被害人身边的街道费①不翼而飞，警方推测是有强盗入室抢劫。经鉴定，室内发现的微量血迹应为被害人被殴打头部时溅出。另一方面，现场没有发现有血液反应的凶器，可以认为犯罪嫌疑人使用了事先准备好的凶器，或者用现场的物品伤人后，将其带走。

被害人被送往藤冈中央医院，目前意识不清。由于被害人伤势严重，案件性质极有可能从抢劫伤人升级为抢劫致死。警方立即成立了专案组，从县公安局刑事科搜查一

---

① 由地区居民缴纳，用于举办居民活动、维护公共设施、进行消防演练的经费。

科调派由葛警官负责的搜查队，前往藤冈市。专案组筛选调查了有犯罪前科记录的人，并认定其中三人有作案嫌疑。其中一位名为田熊龙人（三十九岁）。

田熊年轻时经常抢劫。三十一岁时，他在前桥市骑摩托车抢夺财物，导致被害人重伤，被判处七年有期徒刑。出狱后，他搬到藤冈市定居。田熊目前没有固定工作，还曾因超速驾驶被开过两次交通罚单。虽然入室抢劫不符合田熊以往的犯案方式，但在三个嫌疑人中，殴打被害人头部的残暴行为特别符合田熊的惯常手法。警方对田熊等三人进行了二十四小时的监视，同时也在进行现场周边的询问和监控的审查。

九月五日凌晨三点十二分，葛警官在专案组的休息室里，睡得像一摊泥。休息室里挤满了搜查一科的刑警，呼噜声在狭小的空间里此起彼伏。在任何恶劣的条件下都能入睡，这是很多刑警在工作中不得不掌握的特殊能力，同时，他们醒得也很快。葛警官被当地的刑警摇了摇，立刻睁开了眼睛。

当地的刑警说："田熊出事了。"

葛警官立刻坐起来，拿起放在枕边的眼镜戴好："人没事吧？"

"还不知道，但没说当场死亡。负责跟踪他的警员叫了救护车和交警，交警现在已经在现场了。"

听到"交警"这个词，葛警官马上意识到所谓的"出事"是指车祸。

"你知道车祸的详情吗？"

"在十字路口，田熊驾驶的面包车与一辆轻型车相撞，对方司机也受了伤。"

葛警官点点头，低头看了看自己的衣服。由于没时间换睡衣，他身上的衬衣满是褶皱。他一边解开领带，一边发出指示："问一下消防人员，田熊被送去了哪个医院，派两个人去等着，再让人开车到公安局门前，最好是熟悉这边路况的人。"

"明白。"

刑警快步离开后，葛警官换上了笔挺的衬衫。他重新系好领带，披上夹克，走出休息室。

窗外，漆黑的夜空中弦月皎洁，鲜有云彩。天气在很大程度上会影响鉴定的效率，所以听到案件发生的消息后，葛警官习惯性地第一时间看看天空。

从公安局到车祸现场有十分钟的车程，当地刑警一边开车，一边回答关于现场的问题。

发生交通事故的十字路口位于藤冈市郊外，是东西方向的国道254号线和南北方向的市道交汇之处。这两条路都是单向车道，但国道一侧设有左转车道。刑警说，十字路口的信号灯既有车辆用的，也有行人用的。

虽说警察对辖区内的情况了如指掌是职责所在，但姑且不论交通部门，一个刑警对郊外十字路口的情况也了如指掌，实属罕见。

"你挺熟悉那里的啊？"

葛警官说完，驾驶座上的刑警直直地看着前方，回答道："因为我家就在那一带。"

"那边经常发生车祸吗？"

"不算多，但是路比较窄，附近民房比较多。深夜里有物流公司的卡车经过，所以红绿灯二十四小时运转。最近的话，路口附近正在施工。"

巡逻车穿过市区，行驶在农田和民居交错的平地上。

"马上就到发生车祸的十字路口了。"刑警说。

沿着道路向左转弯，前方出现了耀眼的气球灯。原来是前面的路一侧被封了，正在修路。施工信号灯显示，距离变成绿灯还有四十秒。

其实，警车只要鸣笛并亮起红灯，就可以进入红灯路口。然而，施工信号是不可以轻视的。从法律角度来说，施工信号灯不具有强制力，即使不是警车，闯入也不涉及违法，但实际上这样做非常危险。等待绿灯的时间里，葛警官看了眼一旁的工程信息。眼前的这项施工似乎是下水道的工程。

绿灯亮起，警车穿过工地，在浓重的夜色中可以看到正常运作的红绿灯以及交通事故处理车上闪烁的红灯。路口内，一辆轻型车侧翻在地，一辆面包车迎面撞上电线杆。一名身穿反光材料制服的交警正在挥动交通指挥棒，引导葛警官他们停车。

葛警官打开车窗问道："辛苦了。我是总部搜查一科的，我姓葛。现场是什么情况？"

一瞬间，交警的表情变得紧张起来。

"双方车上都只有一名司机，已经紧急送往医院。我们正在与专案组的刑警合作，救护伤员、维护现场和疏导交通。另外，现场鉴定人员正在等待支援。"

接着，交警又指了指正对路口的便利店。

"请把车开到那边的停车场。"

按照指引，葛警官的车驶入了便利店的停车场。便利店内，一位年轻的店员正好奇地注视着事故现场，似乎在看热闹。葛警官看了眼手表，到达现场的时间是凌晨三点二十八分。

这是一个不冷不热的夜晚。在夏日气息尚存的深夜里，暑热与凉意交织，室外暖意融融，令人昏昏欲睡。忽然，葛警官感觉眼前的面包车有些眼熟。他想起在专案组会议上分发的资料，里面记录的田熊的私家车正是这辆。面包车虽然正面撞上了电线杆，但只是前车窗玻璃出现了蜘蛛网状的裂纹，损坏并不严重。另一辆轻型车则侧翻在地，从葛警官的位置只能看到车的底部。马路边上有一条没有遮盖的排水沟，里面水流湍急。

一个便衣刑警跑到葛警官身边，他是负责监视田熊的二人中的一个。两人互行注目礼后，葛警官便开门见山地问道："你目击到车祸发生时的情况了吗？"

刑警简明扼要地回答道："没有。当时我们被工地挡住了视线，所以没有看到。"

"车祸发生前是什么情况？"

"凌晨两点二十九分，田熊从自家公寓出来，开着那辆面包车去附近的便利店买饭团和饮料。之后他往郊区方向行驶，我们保持着大约三百米的距离继续跟踪。"

"三百米？"

按照跟踪经验来说，这个距离稍微有点远。

刑警补充道："因为这条路前后没有其他车辆行驶，为了不被目标发现，所以需要保持一定的距离。路上我们请求了支援，但在会合前，田熊发生了车祸，时间是凌晨三点十分。"

说着，刑警看了一眼车祸现场。警笛声越来越近，警车上稀稀拉拉地下来一些交通部门的支援人员。交通事故处理车到达时，现场负责维护和交通疏导的人员大概已经够了，所以那辆车上的应该是负责交通鉴定的人员。

这时，葛警官的手机收到了一通来电，屏幕上显示着他下属的姓名。

"是我。"

听筒内传来沙哑又压抑的声音："我是村田。田熊被送到了平井医院，我现在刚到医院。"

"田熊怎么样了？"

"应该没有生命危险，但医生拒绝回答其他问题。他让我不要去问讯田熊，我猜田熊可能伤得比较重。"

即使是面对警察，医生在没有患者同意的情况下，也不允许透露与病情相关的信息，否则会构成犯罪。

虽然有些医生会在被问到时回答警察，但出示调查许可证，保证医生不用承担责任，才是正常的程序。

"我马上让他们把调查许可证送过去，你继续跟进。"

"好的。"

"和田熊发生碰撞的司机也在同一家医院吗？"

"是的。他叫水浦律治，二十九岁，轻伤。住址也查到了。"

"了解。你优先监视田熊。"

"好的。"

挂断电话后,葛警官松了一口气——似乎不用担心因为田熊的死亡导致案件成为悬案。而且最重要的是,这次交通事故没有造成人员死亡。

他把手机放回口袋,仔细盯着车祸现场的那两辆车。轻型车上方的红绿灯从黄色变成红色。

"这是交叉路口相撞导致的吧?"他问。

便衣刑警回答:"刚才也说了,我们没有看到车祸发生的瞬间。但从现场情况来看,应该是这样。怎么了?"

刑警疑惑地皱起眉头。这名刑警是当地的刑警,也是第一次在处理案件时被分配到葛警官手下。

葛警官没有看他一眼,只是说:"在十字路口发生的车祸……目前,还没有足够的证据以抢劫伤人罪逮捕田熊。"

刑警的表情似乎在说自己搞砸了,他现在才明白葛警官的意思。

要求嫌疑人配合调查,需要证据。对于抢劫伤人事件,专案组如果想逮捕田熊进行调查,不能仅仅依靠他有前科这一点。但这时恰好发生了车祸。

虽然车祸并非好事,但对于专案组来说,这却是一个机会。

刑警问:"这是危险驾驶致伤罪①吗?"

葛警官紧盯着车祸现场:"你看过田熊八年前被抓时的笔录了吗?"

"嗯,我看过了。"

"刚开始他还挺嚣张的,但一开始审讯就老实了。他既不聪明,也不胆大,根本没办法在审讯中游刃有余。"

如果田熊只是车祸的当事人,很难逮捕和拘留他。不过,如果这起车祸的起因是闯红灯,那么就可以追究危险驾驶致伤罪。这是重罪,警方可以名正言顺地申请逮捕令。

闯红灯可适用于危险驾驶致伤罪的情况,仅限于司机明知是红灯却故意无视。这次的情况很难证明是否符合法律规定,即使移交检察院也很难起诉。但最关键的是,如果逮捕了田熊,就能先控制住他。

因此,问题在于田熊究竟是否有闯红灯行为,车祸发生时是红灯还是绿灯。

葛警官忽然抬起头环视了一圈,他想起监视田熊的是两个人。

"另一个刑警呢?"

---

① 日本的"危险驾驶致伤罪"指司机的一些危险驾驶行为如醉酒、超速等导致人员伤亡所构成的罪名。司机故意"闯红灯"并致人受伤的情况,也适用于本条法律。——译者注

"他在帮交警封锁道路，需要我叫他过来吗？"

"好。"

便衣刑警用手机联系同事。不一会儿，另一个同样穿着便衣的刑警从路口跑来。葛警官命令两人："去找找看有没有车祸的目击者。虽然这个时间没有行人，但便利店店员、下水道工程的相关人员或许看到了什么。"

对此，两个刑警似乎有话要说，但沉默着没有开口。交通事故归交警管理，现在交警已经在处理车祸，鉴定工作也已经开始。如果刑警这边先去打听车祸详情，那么日后双方极有可能起冲突。然而，刑警们的犹豫只是一瞬间。他们只是听从指示，解决矛盾是上司——也就是葛警官的工作。

"明白。"

"我们这就去。"

两人说完，便开始了询问工作。葛警官拿出手机，给专案组的实际指挥——小田指挥官打电话。

小田指挥官应该已经收到了田熊出车祸的消息。尽管时间已经接近凌晨四点，电话还是立即接通了。小田指挥官省去了不必要的开场白，直接问道："听说田熊出车祸了，人没事吧？"

"报告说目前没有生命危险。"葛警官开门见山地解释自己的目的，"此次来电，是希望让专案组来负责调查田熊的交通事故。"

小田指挥官似乎在犹豫。

"你打算用《道交法》[①]对付他吗？抢劫伤人的犯罪嫌疑人还不确定就是田熊，你这样做，是不是太心急了？"

"当然，我们同时还会继续跟进其他嫌疑人的调查。"

"这个车祸案如果被刑事科的专案组抢去，交通科可不会有好脸色。"

警察从不会因为负责的案件增加而感到高兴。然而，他们更讨厌自己负责的案件被其他部门抢走。

葛警官没有丝毫动摇："应该吧。"

电话那头传来无奈的叹息。

"现场鉴定怎么办？交通鉴定需要专业知识，但专案组没有交通科的人。"

葛警官看着身着制服的交警正借助灯光寻找路面上的痕迹。

"我来接手交通科的鉴定报告。"

"你是说让交通科搜集信息，由刑事科负责案件？"

[①] 指日本的《道路交通安全法》。——译者注

"是的，另外，如果有必要的话，我还想请交通科支援鉴定工作。"

电话那头的人沉默了片刻。

"你这是把所有手段都用上了啊。行吧，局长那边由我来报告。"

"拜托您了。"

"一定要拿到有价值的东西。"

电话挂断了。

葛警官抬起头，仰望夜空。在鉴定工作、现场辨认和问讯进行之前，首先要弄清楚两辆车的行驶方向。葛警官确认过现场后，抓住主要问题，并制订好方针，向下属分配好任务。这才是现场最需要做的事。之后，葛警官离开现场，暂时回到了藤冈市公安局里。

专案组的据点设在藤冈市公安局的会议室。为了节省开支，会议室只开了几盏灯，房间里显得有些昏暗。

葛警官一边在会议室等待询问的结果，一边准备好向平井医院询问田熊病情的许可证。虽然搜查相关事项的许可证需要上级的批准，但葛警官在前往藤冈市支援时，事先就携带了几份盖有公章的文件。正副两份许可证由当地刑警带去，交给在医院监视田熊的村田警官。

没过多久，葛警官就接到了电话。

"我是村田。许可证已经送到了。"

"医生说了吗？"

"是的。那么我开始读询问记录了。"

葛警官早已准备好了纸笔。

"可以，你读吧。"

"好的。经询问，田熊胸骨和肋骨骨折，并伴有血胸症状，大岛医生说他们已经紧急进行了引流。田熊接下来需要住院，但医生没有给出明确的出院时间。"

胸骨骨折是交通事故中未系安全带的常见后果，多是因为胸口撞击了方向盘。血胸则是指胸腔内有积血。葛警官没有学过医学知识，所以无法判断症状的轻重。但根据多年的经验，如果有血胸但没有做开胸手术的话，大概可以判断病情不是很严重。不过，田熊这几天估计只能躺着，不能动弹。

"了解。另一个司机水浦呢？"

"他是右肩关节脱臼，接受了急救治疗。经过交通科的问讯后，已经回家了。"

"坐出租车吗？"

"不是，这个我不知道。我没有问医生这个问题。"

不该让水浦回家。按理说现在应该尽快到现场进行勘验，但现场辨认需要车祸当事人在场。田熊既然住院了，那只能推迟辨认。

"好的。此案将由专案组负责，只要医生一同意，就向田熊了解此次事件的情况。"

电话那头的人似乎有些不知所措。

"是交通事故的问讯吗？"

村田警官是精英队伍——搜查一科的成员，自然在案件问讯上非常熟练。但是，他几乎没有处理交通事故的经验。

"能做好吗？"葛警官问。

那边回答得很快："我会做好。"

"很好。有任何进展，随时告诉我。天亮后我会派人接替你值班。"

葛警官挂断电话。

当地的刑警给葛警官泡了咖啡。这名刑警也没有睡觉，脸上带着深深的疲惫感。葛警官是个会让下属多休息的领导。他认为，睡眠不足会导致疏漏，而疏漏则意味着调查失败。但即便如此，此时此刻他也不能让这位疲惫的刑警去休息。现在一切都还是未知数，随时可能发生意外情况。所以，必须有一名"待命"的刑警。

马克杯里的咖啡还没喝完，去现场周边寻找目击者的刑警便回来了。此时，时间接近凌晨五点，两名刑警的脸色也很难看。昨晚十点交接田熊的监视工作后，他们应该也没怎么休息。葛警官在办公桌旁十指相扣，催促刑警进行汇报。其中一名刑警说："首先介绍一下这起交通事故的情况。我们在跟踪的时候，田熊正在东西方向的国道254号线上，以每小时五十公里左右的速度向西行驶。在十字路口前一百米左右，由于路上有下水道工程施工挡道，田熊的车子离开了我们监视的范围，而我们在等施工信号灯变成绿灯。"

葛警官皱起了眉头。汇报的刑警没有注意到葛警官的表情，继续说道："在此期间，田熊驾驶的面包车和水浦驾驶的轻型车相撞。经确认，水浦的轻型车确实行驶在南北方向的市道上，但行进方向不明。"

葛警官说："跟踪时被施工信号灯拦住这件事，我没有接到报告。"

刑警吓了一跳，自知理亏地低下了头。

"对不起。"

如果跟踪车辆被施工信号阻拦时，十字路口没有发生车祸的话，刑警们恐怕就会跟丢田熊。虽说一般情况下单独跟踪一辆车很困难，但这可以说是失职。

不过，葛警官并没有继续说什么。面对葛警官的沉默，刑警继续报告："我们确认了事故车辆，田熊的面包车和水浦的轻型车都没有安装行车记录仪。"

"是吗？"

对葛警官来说，这是一个坏消息。县内的行车记录仪配备率约为四成，那两辆车都没有安装，虽然不能说特别倒霉，但这一次，葛警官只想说自己实在太不走运了。但不管怎么说，没有就是没有，事实只能通过调查来还原。为此，刑警们也一直在周边进行询问调查。

"一名在下水道施工地点担任引导员的男性目击了事故的发生。他叫蒲田照夫，今年五十七岁，他的住址信息也记录在我的手册里。根据蒲田的描述，一辆面包车在施工的单侧交替通行路段上行驶。这辆面包车在十字路口闯了红灯，虽然立即踩了刹车，但仍与从南边驶来的车辆发生了碰撞。"

葛警官仍然保持沉默。

另一名刑警也说道："我这边也找到了目击者，是面向十字路口的便利店的店员。他叫古贺久，今年二十七岁。他一个人看店时，听到了汽车发动机的声音和刹车声。随后，传来了更大的声响。他立刻从收银台探出身子看向路口，知道是发生了车祸。当时东西方向是红灯，南北方向是绿灯。"

葛警官在手边的纸上画了一个十字，在纸的上侧写上"N"，代表北方，然后在十字交叉的右下角画了一个圈。

"便利店是在这里吧？大门面朝北方。"

"是的。"

"从收银台的位置能看到红绿灯吗？"

"可以。正如古贺所述，只要探出身子，就能看见车祸现场和十字路口的信号灯。"

"有监控吗？"

"算上停车场的监控，一共有七个。我要求便利店提交录像数据，但古贺拒绝了。他说他只是个临时工，要提交录像的话，必须和店长商量才行。店长应该是早上六点开始上班。"

"这样啊。"

葛警官靠在椅背上。两人的证词都说田熊闯了红灯，这正是他非常需要的证词。

葛警官对站着的两名刑警说："你们先去休息，等我下一个指令。"

刑警们离开了会议室，葛警官则一个人在昏暗的会议室里坐了一会儿。

上午七点，川村局长上班了。

川村局长是专案组的副组长，小田指挥官是行动的实际指挥人，因此川村局长很少参与进来。只是这次，因为田熊的交通事故要由刑事科的专案组负责，所以川村局长需要给交通科一个解释。为了表示感谢，葛警官在小田指挥官的陪同下，去了局长办公室。

在局长办公室前，葛警官等人遇到了一位年迈的警察。葛警官认出他是这里的交通科科长。科长注意到葛警官后，面无表情地点头示意，然后直接与他擦肩而过。

小田指挥官敲了敲局长办公室的门，听见里面的人说了一声"进来"。川村局长坐在办公桌对面的椅子上，似乎昨晚也没有睡觉，眼下浮现出深色的黑眼圈。

"我是来感谢局长调配工作的。"

小田指挥官一开口，川村局长就不耐烦地挥了挥手："案件调查得怎么样了？找到有用的证据了吗？"

"我们收集到了目击者的证词，详细内容由葛警官汇报。"

在小田指挥官的催促下，葛警官将下属收集的证词转达给局长。听着汇报，川村局长连连点头。

"没有行车记录仪真是太可惜了。但是如果有这么多的证词，应该没有问题了。"

"现在我已经让下属去调取监控录像了。因为车祸时间很清楚，所以不需要花费太多时间来仔细检查数据。"

葛警官作完报告后，川村局长满意地点了点头："好，这样就能逮捕田熊了。"

"不行。"葛警官这样回答,"我们还需要进一步调查。幸好今天是星期六,应该有很多人在家。"

川村局长皱起眉头:"仔细检查监控录像是必要的,另外还需要等待鉴定报告。但是还要进一步调查什么?已经有了现场证词,还需要什么证据?"

"虽说是另案逮捕,但不能误捕,需要慎重。"

"这是当然。"

说着,川村局长随手翻开办公桌上的文件,然后看了一眼葛警官,无奈地叹了口气。

"该逮捕的时候就要逮捕,不然交通科也不会服气。"

"我知道。"

"那就好,回去调查吧。"

"好的,那我们先回去了。"

小田指挥官和葛警官从局长办公室出来,便直接去了会议室。

深夜里还空荡荡的会议室,现在挤满了神情严肃的刑警。除了在平井医院紧盯田熊的刑警和去便利店拿监控录像的刑警之外,专案组的全体人员都聚集在这里。

专案组中来自群马县公安局总部的刑警,以及大多数藤冈市当地的刑警,都住在公安局内的道场和刑事办公室。

所有人脸色都很疲惫，有些人为了驱赶睡意，正在不停地喝茶。

当地刑警向葛警官递交了一份文件。这是昨晚对水浦律治的问讯记录，应该是交通科转交过来的。葛警官在开会之前，迅速浏览了这份记录。

小田指挥官宣布调查会议开始。

首先，刑警们报告了除了田熊以外的其他嫌疑人的跟踪结果以及现场周边的询问结果，但并没有什么新的进展。接着，小田指挥官向大家介绍了今天凌晨发生的交通事故，并说明了田熊因闯红灯而涉嫌危险驾驶致伤罪的拘留方案。

在对案件进行了梳理后，小田指挥官将会议主持权交给了葛警官。葛警官拿起手边的麦克风："情况就是这样。另外，我这儿有了新的信息，大家听一下。车祸的另一位司机水浦律治在市内的百家店超市工作。交通科针对交通事故进行了询问，但对方的家庭关系等信息暂时不明。水浦称，昨晚九点左右，他去朋友家玩，在回家的路上遭遇了意外。他的呼气检测中没有检测出酒精，同时他辩称，自己进入路口时信号灯是绿灯。接下来的工作重心就是对此展开调查。"

会议现场的众人议论纷纷，葛警官继续指示："跟踪其他嫌疑人、现场周边的询问工作还要继续，同时也要做好逮捕田熊的准备。从现在起，凡是被叫到名字的人，都去调查这起交通事故。"

葛警官从负责询问的人中抽出两个人，从跟踪组中抽出一个人，算上自己总共四个人去调查交通事故。接着，他从中选了两个人负责逐帧检查便利店监控录像。

"然后，调查一下引导员蒲田照夫和便利店店员古贺久的背景，查一查这两个人是否有对田熊做出不利证词的动机。"

调查证人和嫌疑人是否有特殊关系属于常规程序，可在调查会议上，刑警们却充满了困惑。和川村局长一样，刑警们觉得有了决定性的证词就足够了，不知道葛警官到底还想调查什么。

不过，会议现场并没有人开口提出异议。小田指挥官环顾了一下会议室，然后下达命令："很好，行动吧。"

负责调查的刑警们一起离席，此时已经过了八点。

安静下来的会议室里，只剩下以葛警官为首的几名刑警。不久，其他刑警也离开了，只留下葛警官一个人反复翻阅着资料和报告。

八点半，之前去拿监控录像的刑警们从车祸现场附近的便利店回来了。便利店的店长大约六点开始上班，也就是说他们用了将近两个半小时才拿到录像数据。负责汇报的刑警在拿出内存卡的同时，解释说："因为早上店里很忙，店长没有空。"

十字路口的便利店位于主干道旁，确实会有很多司机去买早餐。葛警官对此既没有表态，也没有责备他，刑警便继续说道："今天早上从进货到收银都是店长一个人在做。后来店长把他的妻子叫来帮忙，让她负责收银，我们才终于和他说上话。"

突然，葛警官看着这名刑警的脸，说道："会用收银机……店长的妻子也是店员吗？即便如此，早班还是只有店长一个人在岗，这是为什么？"

"他的妻子怀孕了，不过我们说可以等他……"

葛警官点了点头："了解了。你们接下来去走访现场周边吧。"

刑警们走出会议室后，葛警官将内存卡交给当地的一名刑警，并让他转交给负责检查录像的同事。这时，葛警官的手机接到了一通电话，是在医院里监视田熊的村田警官打来的。

"是我。"

"医生同意对田熊进行问讯了，我这边马上可以开始。"

葛警官想了想，又看了一眼桌上的资料。需要的资料中，已经有了监控录像，但鉴定人员的录像报告还没到，他手上没有别的东西了。

"我去旁听，等我一下。"

"好的。"

葛警官似乎能想象到电话那头村田警官一脸不悦的神情。如果上司在场,刑警们就很难展开工作。葛警官虽然明白这一点,但在下属面对嫌疑人时,他还是喜欢亲自到场。通过观察表情,倾听声音,初步掌握对方的情况后,再对这些信息进行判断和分析。

平井医院距离公安局不过一百米左右。虽然是一段可以步行的距离,但葛警官还是让当地刑警开车。他必须做好准备,以防需要紧急用车。

田熊的病房位于普通病房的四楼。与村田警官会合后,葛警官首先在会诊室听取了主治医生的意见。

主治医生是一位年轻的男性,面对刑事科的刑警们却毫无胆怯。

"我们需要让病人坐在轮椅上。目前病人身上有强烈的疼痛感,请不要让他承受太大的压力。另外,处理伤口时切开的部位尚未愈合,剧烈的摇晃可能会导致出血。"

葛警官看着医生的脸,总觉得他看上去很虚弱,眼皮和脸颊都有些浮肿。这是在警察中也很常见的面孔——一张没怎么休息的脸。

听完医生的话,村田警官点了点头。

"我们会注意的。"

"问讯时,请使用谈话室。另外,我可以在场吗?"

村田警官向葛警官投去询问的目光,但葛警官没有反应,他觉得村田警官知道如何处理。于是,村田警官对医生抱歉地说:"不太方便。"

"明白。"医生也没有坚持,"那么,如果有突发状况,请马上通知我。接下来会有护士带你们去谈话室。"

周六的医院没有多少人,除了护士们快步穿梭在走廊以外,还有一些年老的病人。村田警官一边跟着护士前往谈话室,一边低声问葛警官:"要多方面问讯吗?"

"对车祸作调查问讯就好。"

"明白。"

即使带路的护士听到了他们的对话,大概也不明白是什么意思。村田警官是在询问葛警官是否需要了解抢劫伤人事件的信息,而葛警官则表示只询问交通事故的具体情况。

"在这里。"

护士停了下来。

谈话室是一个阳光充足的开放空间,里面摆放着桌椅、自助饮料售货机和饮水机。地板上是淡橙色和米色构成的方格图案,看起来十分温馨。天花板上垂挂着折纸制成的装饰。在窗边的轮椅上，田熊正托腮等待着他们。

村田警官对护士露出一副为难的表情。在通风良好的开放空间进行案件问讯，会让村田警官本能地产生警戒。

"能不能换个有墙的房间？"

对此护士也很为难："我也觉得那样对患者更好，但是很遗憾，没有其他房间了。而且也不能直接使用单间病房。"

医院似乎禁止了其他人靠近谈话室，这里没有一个前来探望的人或患者。葛警官对村田警官说："那就这样吧。"

"好的。"

隔着圆角木纹的桌子，两位刑警在田熊对面坐下。村田警官摆好文件夹板，问道："你好。我想问一下交通事故发生前后的详细情况。首先，请告诉我，你的姓名、出生日期和住址。"

田熊用审视的目光看着两人："田熊龙人。"

他报了姓名，并回答了出生日期和住址。

与八年前被捕时的资料相比，田熊老了许多，好像还有点胖了，呆滞的眼睛倒是没有变化。这是葛警官第一次听到田熊的声音。

村田警官继续问："你的职业呢？"

"现在在求职。"

"说说事发前的经过吧。"

田熊的供述大致如下：凌晨两点半，他开着面包车从家里出发，在藤冈市内的便利店短暂停留后，进入国道向西行驶。凌晨三点左右到达现场，当时车辆时速在每小时五十公里左右。

本该集中问讯交通事故的村田警官突然插嘴："半夜三更的，你打算去哪儿？"

"钓鱼啊。"田熊的脸上浮现出一副嘲笑的表情，"河钓，得早点出门。"

"哦？能钓到什么鱼？"

"白点鲑。我的车上不是有很多钓竿吗？"

"钓竿吗？"

村田警官的目光瞬间变得锐利，因为他认为可以以确认钓竿为借口，要求对方同意在车里搜查，然而葛警官一直保持沉默，村田警官认为这是"不要行动"的信号。村田警官重新把话题引回到交通事故上："凌晨两点半到三点左右，在国道上以时速五十公里的速度行驶，然后呢？"

"后面也没什么好说的了。"田熊痛苦地皱起了眉头，"施工信号灯是绿色的，我就往前开了。十字路口的信号灯也是绿灯，我还觉得很走运，就继续往前开。然后左边突然冲出来一辆轻型车。我虽然踩了刹车，但还是没来得及。

为了躲避，我把方向盘向右转，没想到撞上对方后车子又打滑，最后撞到了电线杆上。后来救护车来了，我被送到这里。就这些。"

村田警官停下了笔。

"你说，当时是绿灯？"

"对啊。"

说完之后，田熊猛地睁大了眼睛："啊，我知道了，那个人也说自己看到的是绿灯吧？简直是胡扯！"

"我不能透露对方的口供。顺便问一下，田熊先生，你有可以证明当时是绿灯的证据吗？比如行车记录仪之类的。"

"我车上没有那种东西，反正你们早就确认过了吧？痛痛痛……"

田熊捂着胸口弓起背，似乎真的很痛。他的脸上流着冷汗，表情也变得痛苦，但语气依旧强硬："给我好好调查啊！我这边是绿灯，给我好好查清楚。别老是抓小偷小摸的，偶尔派上点用场！痛死我了！"

田熊语无伦次地喊着，村田警官安抚了他并确认了车祸细节，才终于完成了这次问讯。

葛警官回到公安局后，看到交通科送来了车祸鉴定报告。报告文件不厚,葛警官在会议室前方的办公桌上,把报告通读了一遍。内容记述得很详细,基本没有什么疏漏,并且与葛警官所得到的证词不存在矛盾。

由此得知,田熊的面包车在时速限制为五十公里的国道上向西行驶,而水浦的轻型车在时速限制为四十公里的市道上向北行驶。在进入十字路口时,田熊的面包车踩了刹车。虽然可以根据刹车痕迹的长度计算出速度,但在此次事故中,面包车在刹车过程中与轻型车发生了碰撞,因此痕迹中断,无法计算出准确的速度。另外,现场并没有发现轻型车刹车的痕迹。

面包车撞上了轻型车的侧面,导致轻型车侧翻,接着面包车又撞上了道路北侧的电线杆。碰撞后的轨迹没有不自然之处。此外,医院的酒精检测结果显示,田熊没有饮酒。

鉴定报告里,基本找不到可以将田熊判定为危险驾驶致伤罪的证据。正当葛警官沉思时,一名当地刑警过来进行调查汇报。

"便利店监控录像的审查已经结束。"

"嗯。"

"外面只有一个监控拍到了田熊的面包车。"

刑警把打印出来的录像截图放在桌子上。监控录像的清晰度很高，田熊面包车的车牌号，以及驾驶座上田熊的脸都能看得很清楚。图片中，田熊仅用右手握着方向盘。

"在凌晨三点十分正好拍到了他。我们请了交通科协助，对面包车的速度进行了测算，时速在五十公里到五十五公里之间，没有发现突然加速和减速的情况。"

"红绿灯呢？有拍到车辆的停止线吗？"

刑警犹豫了一下，回答道："没有，两边都没拍到。"

似乎是因为监控没有拍到路口的信号灯，刑警感到有些自责，但随后又稍稍振作起来。

"但是，我们找到了可能目击到车祸的人。请看这个。"

新的打印纸放在桌上，图像中只见一辆白色轿车向右驶去。

"面包车从屏幕上消失七秒钟后，这辆向东行驶的车出现了。"

葛警官拿起这张纸："司机可能看到了事故。"

"是的。根据拍到的车牌，我们查到了车主叫冈本成忠，五十二岁。"

听到这个信息，葛警官的视线仍然停留在打印纸上。

如果冈本的轿车在十字路口向东行驶的话，应该会与跟踪田熊的车擦身而过，可能正是在刑警们因为施工被阻拦的时候。如果刑警们还记得在等待施工信号时驶来了一辆车，就应该意识到司机可能看到了事故。

不过，通常情况下，人们很难记住擦肩而过的车辆。更何况，他们当时是在执行盯梢这种费神的任务。不过即便如此，没有意识到这件事的刑警们在这次调查中也不会被安排重要任务了。

让当地的刑警离开后，葛警官给询问组一队的刑警拨了个电话，让他们去冈本的家。

连续不断的报告工作也在此时按下了暂停键。葛警官从凌晨三点多听到发生交通事故的消息后就没有吃过东西，他买了面包和牛奶咖啡，简单几口就解决了早餐，多出的时间用来重新看一遍资料。

和田熊见面后，葛警官确认了两件事。

闯入金井美代子家中、殴打受害人并抢走现金的抢劫伤人嫌疑人就是田熊龙人。

他认为，九月三日的抢劫伤人案是突发的。犯罪嫌疑人看到这户人家有钱就闯进了家门，因为家里有人，就打伤了人并逃跑……虽然罪行凶残，但手法简单粗暴，不像入室抢劫惯犯的行为。鉴定人员没有发现有力证据并不是因为犯罪嫌疑人准备得十分周全，仅仅是因为犯罪嫌疑人的运气好罢了。

听到田熊的声音时，葛警官便觉得这是一个十分"任性"的声音。虽然葛警官没有在专门负责盗窃的部门工作过，但他曾经与一些惯偷有过接触。他们的声音并不像田熊那样有着孩子般的任性，而田熊的声音却与葛警官心目中所认为的此次抢劫伤人的犯罪嫌疑人形象相符。

同时，葛警官还确认了另一件事——在十字路口的交通事故中，田熊并没有闯红灯。田熊并不是一个"高明"的说谎者，他不可能瞒过葛警官的眼睛。至少在田熊的主观意识中，信号灯是绿色的。

可是，这与证人的证词相矛盾。交通引导员蒲田和便利店店员古贺一致指出，田熊这边的信号灯是红色的。当然也有可能是田熊把红灯误认为是绿灯。有时候，人们会不断地对自己说谎，最后甚至相信自己的谎言。难道这次的案件也是这种情况吗？

在此次案件中，有两个奇怪的地方。

一个发生在郊外深夜三点多的车祸，竟然迅速收集到了两份目击信息。目击者蒲田和古贺都在现场附近工作，看到车祸现场并不令人意外。然而，能如此迅速地得到证词，葛警官还是觉得很值得注意。通常收集案件目击者的信息会更困难一些。他并不是希望办案时遇到困难，但这次未免过于顺利了。

还有一点令他感到奇怪的是，从证词和田熊的供述中所描述的田熊的驾驶行为——田熊为什么会那样开车呢？

手机的电话铃响起,葛警官的思考被铃声打断,是询问组的一名刑警打来的。电话那头的语气似乎有些骄傲:

"队长,我们找到目击证人了!"

葛警官迅速准备好纸笔,说:"继续。"

"目击者叫纸川翔祐,男性,是一位二十岁的大学生。他住在车祸现场的十字路口附近,自称从自家窗户看到了车祸。他说在凌晨三点左右,从现场传来一阵刹车声,随后又传来猛烈的撞击声。当他从窗户往外看时,两辆车已经相撞。当时东西方向的道路是红灯。现在官下警官正在做更详细的笔录。"

东西方向的信号灯是田熊那边的,这与之前得到的证词一致。

葛警官想起凌晨到达车祸现场的路口时,有一户住宅二楼的灯还亮着。有人凌晨三点还没睡并不奇怪,葛警官也是在那个时间被吵醒的。但既然在进行调查,那就需要再确认一下。

"那个时间点纸川在干什么?"

"好像是在玩网络游戏,和朋友一起玩一个叫《胜利属于我们》的游戏。"

作为警察,必须具备广博的知识,各种杂学都与职业息息相关。按照社会上一般的评判标准,葛警官可以算得上是知识渊博。然而这位博学的葛警官，也没听说过这个游戏的名字。葛警官一边记笔记，一边问："纸川的游戏昵称叫什么？"

"这个我确认过了，呃……"

从听筒中可以听到对方翻找警察手册的声音。

"是Owlbase（猫头鹰基地）。"

葛警官确认了几次"Owlbase"的英文拼写，在笔记上写下了这个游戏昵称。

"纸川和网友玩的游戏似乎难度很高。他说自己必须集中注意力操作游戏，结果因为这场车祸'死'了。"

"你说死了？"

"是的，啊，不是。他说的是自己输了。"

"了解。你继续调查纸川的背景。"

"是。"

挂断电话后，葛警官马上打电话给另一名刑警。近年来，不少案件会在网络上暴露犯罪端倪或犯罪预告。现在不再是刑警靠走访破案并对网络敬而远之的年代了。然而，并不是所有的刑警都深谙信息社会。葛警官要联系的，是他的下属中尤其擅长网络侦查的一名刑警。

"我是榊野。"

"你那边现在是什么情况？"

"我们正在抢劫案被害人家的周围进行走访调查。"

"我这边车祸案有目击者自称车祸发生时正在玩网游。刹车声响起后，又传来撞击声，他就往窗外看了一眼。他玩的游戏是《胜利属于我们》，你听说过吗？"

"嗯，我知道。"

"车祸案需要查清楚目击者在事件发生时的行为。你先回来协助这边的车祸案，查一下他在网上的行为痕迹。"

"好的。"

挂断电话的瞬间，葛警官感到了难以忍受的睡意和眩晕。专案组的刑警们在破案之前，都没有好好休息过，葛警官自然也不例外。于是，葛警官让当地的刑警给自己泡了一壶浓浓的绿茶。

下午四点，专案组召开调查会议。局长川村一般不会出席专案组的所有会议，但这一次，他亲自在小田指挥官的旁边坐镇。

首先，会议上报告了田熊以外的嫌疑人信息。在抢劫伤人案的三名嫌疑人中，有一人确认有不在场证明——该嫌疑人在案发当天与一名已婚女性去了神奈川县的七泽温泉约会。至此，嫌疑人范围缩小到两个人。

会议的后半场主要分享了关于十字路口交通事故的目

击者及其证词的信息。每个人手里都拿到了一份关于便利店店员古贺的资料，负责调查的刑警站起来发言："古贺久有伤人的前科。二十三岁时，他在东京新宿与几名酒醉男子发生冲突，甩开对方时，导致对方摔倒并造成锁骨骨折，因此被逮捕。当时古贺被起诉，判处有期徒刑两年零六个月，缓刑四年。"

在刑警们听得稍显激动的时候，葛警官双手十指紧扣，嘴角也紧绷着。

"事发后，他被食品加工公司辞退，之后便一直在换工作。两年前，他接受了平井南高中的定时制①教育，现在一边打工一边上学。现在这份便利店的兼职似乎是通过亲戚介绍的，但店长铃木泰辅知道古贺的前科，并时常对他表示不信任。店长曾公开表示，因为是朋友介绍，加上人手不足，不得已才雇了古贺。目前还没有发现古贺与田熊龙人、水浦律治有什么关联。汇报完毕。"

面对准备结束报告的刑警，葛警官问道："你知道古贺昨天的排班吗？"

刑警翻着警察手册，有些不好意思地回答："知道，我问过了。古贺昨天的排班是早上六点到下午两点。第二轮

---

① 指在夜间或白天的特定时间及某种特定时期（如农闲期）上课的制度。工作的同时，学生可以在空闲时间上课。——译者注

是晚上十点到早上六点。"

会议室里骚动起来，葛警官做着笔记："了解，下一个。"

第二个刑警站起来，开始报告："我负责询问的是施工现场的交通引导员，蒲田照夫。他在藤冈市内经营着一家五金店，叫蒲田商店，他的妻子蒲田幸代称，由于合作方破产，商店的资金出现周转问题，蒲田照夫必须在本月底前向银行汇入二十七万日元，否则他手里的票据就会因余额不足而无法兑现。所以蒲田需要一边继续筹钱，一边晚上兼职做引导员，以弥补资金缺口。"

刑警将资料翻了一页，继续说："至于蒲田的工作作风，在周围人中口碑并不好。前天凌晨五点左右，一辆车在施工信号灯为红灯的情况下进入了车道，险些与对面的车发生正面碰撞。据说，当时蒲田没有提醒司机注意对面，因此现场监督员正在考虑是否要将蒲田换掉。昨天晚上十一点开始是蒲田值班，暂时没有查到他与田熊和水浦之间的关系。"

确认葛警官没有提问后，刑警坐了下来。

第三位刑警似乎没来得及提前复印。他从座位上站起来，才开始分发材料。资料上印着白色汽车的监控截图。待所有人都拿到资料后，刑警开始汇报："在车祸发生后，现场附近便利店的监控拍到一辆白色普锐斯路过。根据车牌信息，我们找到了司机，并询问了事故发生时的情况，确认司机目击了车祸发生的全过程。车主叫冈本成忠，五十二岁，职业是医生，在藤冈中央医院急诊科工作。九月三日上午九点他开始工作，当晚在医院值夜班。九月四日继续工作，在今天，也就是九月五日凌晨两点三十分下班。由于保密义务，无法询问更多细节，但他这两天似乎有很多棘手的患者。今天早上七点他需要再次出勤，但为了交接工作，他六点半就到岗了。"

会议室里有不少人发出同情的叹息。两点半下班，六点半上班——冈本的工作情况和刑警们有相似之处。

"下面，我读一下冈本的证词：'凌晨三点左右，我下班回家。我沿着国道向东行驶，在十字路口绿灯时直行。看到路口以东约百米处的施工信号灯是红灯，于是我停车等候。突然传来一阵刹车声，同时还有剧烈的撞击声。我通过后视镜，发现有车辆在十字路口发生碰撞。当时是红灯。'"

交通事故发生后，冈本停在十字路口东边，他看到的红绿灯应该是东西方向的，也就是说，冈本的证词也证明了田熊闯了红灯。

"冈本工作的藤冈中央医院，正是抢劫案被害人金井美代子去的医院。但是，没有发现金井和冈本存在特别的关系，同时也没有发现冈本和田熊或水浦有关系。汇报完毕。"

川村局长露出惊讶之色:"也就是说,车祸发生时,冈本在场却没有施救吗?"

"看来是这样。他说,本来想去急救,但看到有路过的其他人下车救援了,就直接回家了。"

川村局长嘴里发出了一些不满的声音。

川村局长曾经在生活安全科①供职,比起检举犯罪和预防事故发生,他更倾向于将损失最小化。他认为车祸很可能会因为冈本没有进行急救而发展成死亡事故,然而医生在工作时间之外不主动救护伤者,并不算犯罪。再考虑到冈本繁重的工作,更不能指责他存在道德问题。最后川村局长只是哼了一声,没有说出下一句话。

葛警官问道:"冈本的车里有行车记录仪吗?"

他并没有对答案抱有太大希望。如果有希望,应该早就通知他了。果然,刑警回答道:"有,不过只是拍摄前方的记录仪。车祸发生在冈本汽车的后方,所以没有录下来。"

以上就是关于冈本的报告。

---

① 日本警察组织中的一个部门,主要负责预防并处理危害居民生活安全的案件。

接下来，另一位刑警拿着资料站了起来。

"在现场附近的民宅里，有人目击到了车祸。纸川翔祐，二十岁，是一名大学生。"

刑警介绍的信息与葛警官在电话中听到的一样。纸川翔祐在玩游戏时听到了窗外的动静，他透过窗户看到田熊这边是红灯。报告完证词之后，刑警还介绍了纸川的背景。

"纸川翔祐是群马大学的大三学生。据他的母亲说，自从今年开学以来，他几乎没有去上课，反而整天在家玩电脑游戏。不过，他并没有把自己锁在房间里，还经常去便利店。他的作息时间并不规律，有时早上六点起床，有时一直睡到晚上，所以在事故当天凌晨三点玩游戏似乎也不算奇怪。目前还没有发现纸川翔祐与田熊、水浦之间有任何联系。"

走访调查的报告结束后，负责网络调查的榊野警官开始汇报。

"纸川翔祐玩的是一款名为《胜利属于我们》的网络游戏，他的玩家名称是Owlbase。《胜利属于我们》是一款由国外厂商出品的游戏，每个玩家都需要管理一个城邦，并与其他玩家合作或互相开战。纸川是游戏中某个区域的首领，也就是多人团队的代表。"

会议室里的许多刑警都露出了疑惑的表情，显然他们对榊野警官的描述完全不理解。不过榊野警官并不在意，继续向葛警官报告。

"昨天,由纸川率领的第五纵队与另一支队伍进行了一场大规模战斗,结果惨败。在第五纵队成员常用的论坛上,不少人抱怨说,由于纸川在战斗中突然停止了战术指挥,导致团队错失了进攻的最佳时机,最终输掉了游戏。对此,纸川解释称,他家附近发生了一起重大交通事故,他当时正在看是什么情况,所以才中断了指挥。"

榊野警官说完后,葛警官问道:"游戏失败是什么时候?"

"大约在凌晨三点十五分。"

车祸发生在凌晨三点十分,游戏在三点十五分左右失败,纸川在这五分钟内确认了现场情况。从时间上来说,这并不矛盾。葛警官一边做笔记,一边进一步问道:"你说第五纵队由多名玩家组成,具体有多少人?"

"好像有一些不活跃的成员,具体人数不太清楚。不过在网站上他们自称是一个百人团体。"

榊野警官又补充了一些信息:"成员的国籍各不相同,确定有来自欧洲、美洲、亚洲等地的成员。为了准备昨晚的'战争',纸川在过去两天里,给每个成员都下达了详细的指示。"

"指示?"

葛警官皱起眉头："他是如何向多个国家的成员发出指示的？"

"仅靠网上调查还不能确定，但从论坛上留下的帖子判断，似乎他们主要使用实时聊天的功能进行交流，使用的语言是英语。"

葛警官只说了句"明白了"。

会议接近尾声。

太阳落山了。葛警官的手机接到了一通来电，是群马县公安局总部刑事科搜查一科科长新户部四郎打来的电话。

在此次调查中，搜查指挥官会将葛警官的调查报告提交给新户部警官确认。虽然他是专案组的组长，但由于伊势崎市发生了一起杀人事件，所以他留在伊势崎市坐镇，没有去藤冈市的车祸现场。

通常，新户部警官向葛警官下达指示时，会由指挥官传达。这次新户部警官却直接打来电话，实属罕见。

新户部警官的声音听起来很不高兴。不过，新户部警官和葛警官说话时，向来都是这样。新户部警官并不太喜欢葛警官。

身为科长，新户部警官要求下属必须忠于自己。换句话说，他更喜欢身边的人遵从自己的一切指令，比起真诚的建议，他更偏爱露骨的阿谀奉承。他认为在警察这个上通下达的组织里，就算上级说乌鸦是白色的，下级也得说"您说得对"。

但是在新户部警官的下属中，几乎没有人会看他的脸色。因为新户部警官本人会将讨好的刑警和有能力的刑警进行比较，然后把后者带到搜查一组。他内心希望能找到一个既会讨好又有能力的刑警，但最终组建了一个不爱奉承自己又有实力的团队。因此，新户部警官在接触下属时，经常心情不好。

新户部警官问道："为什么不逮捕田熊？"

葛警官立即回答："还没有完成调查。"

"我听说有目击者证词，有几份？"

"四份。"

在电话的另一端，新户部警官陷入了沉默。新户部警官也是一名凭借实力不断晋升的警察，听到深夜三点左右发生的交通事故竟然有四份目击者证词，他并不觉得是运气好。

"有点多。目击者都是什么样的人？"

"下水道工程的引导员、便利店的店员、回家途中的医生和正在玩游戏的大学生。"

"嗯……"

接着新户部警官的话语中带有些许犹豫的语气："的确很少见。但是，也不是不可能的吧？如果有四个证人做伪证，那就另当别论了。这就是你不逮捕田熊的唯一原因吗？"

"不。"

在调查过程中得到的一条信息在案件中似乎出现了矛盾。与抢劫伤人相比，这个矛盾微不足道，却非常明显。

"田熊当时以每小时五十公里的速度行驶。"

"现场限速是……"

"五十公里。"

听筒里传来新户部警官的声音："这样啊。"

跟踪田熊的刑警说，因为路上没有其他车辆，所以在跟踪时保持了很远的距离。也就是说，田熊没有被前面行驶的车辆挡住，却遵守了限速规则。

田熊平时并不会遵守交通法规。田熊出狱后，还因为超速被抓过两次。那么，为什么在今天凌晨，田熊却特别注意安全驾驶的规则呢？

"我认为田熊是在提防警察。他可能不愿意因为超速而与警察接触，所以才遵守了限速规则。"

正因为如此，葛警官认为田熊不会闯红灯。

一个痛苦的叹息声传来。

"这就是你推迟逮捕的理由吗？确实有道理。那证词呢？说说你的想法。"

"证词不可以完全信赖。"

"为什么？四个人一起撒谎的理由是什么？"

这正是葛警官今天一直在思考的问题。引导员蒲田和便利店店员古贺一起做证，说出对田熊不利的证词的理由是什么？为什么医生冈本和大学生纸川也会说出一样的证词？

他似乎错过了一些细节，而如果无法查明这一点，最终只能将这些证词视为真相。作为一名警察，葛警官不能忽视从目击者那里获得的证词。如果确认了犯罪事实，并认定证词是真实的，就必须进入下一步程序。

但葛警官确信，以危险驾驶致伤罪逮捕田熊，绝对是错误的。

新户部警官的语气中，似乎带着对葛警官窘境的幸灾乐祸。

"真讽刺啊，老葛。也就是说，你是在为不逮捕田熊而进行调查。如果调查成功且田熊没有被捕，那么你就浪费了专案组的时间和人力。希望你没有忘记，专案组的目的是侦破一起抢劫伤人案件。我们并不是为了调查车祸才派搜查一科去的。给你半天时间，如果不能证明证词作假，就申请逮捕令。"

说完，没等葛警官回答，电话就挂断了。

新户部警官给了葛警官半天的时间，这比葛警官预想的要长。调查到了这一步，即使新户部警官要求立即逮捕田熊，葛警官也无法反对。

会议室里有许多刑警在进进出出，也有不少电话打来。在这个休息日的黄昏时分，虽然天色还早，但公安局内已经有醉汉在大吵大闹。在这样的环境中，葛警官把目光重新转回到调查资料上。

新户部警官说得对。交通引导员、便利店店员、大学生、医生，这四个人似乎有看不见的联系。究竟是什么？

葛警官首先做出两个假设：这四个人的证词要么是真的，要么是假的。他基本不考虑第一种可能，因为如果是这种情况，就不存在任何需要探讨的问题——根据四个人的证词，逮捕田熊，车祸的调查就到此为止。因此，葛警官只考虑第二种情况。

在四个人的证词都对田熊不利的情况下，首先要考虑的是这四个人是否对田熊怀有恶意，并试图做伪证陷害他。然而，调查后并没有发现这四人与田熊有任何关联。而且，葛警官认为即使这四人与田熊之间有隐藏的纠葛，也不会出现这种案件。因为如果目击者根据各自的理由编造了陷害田熊的谎言，那么谎言的内容应该是不一致的。但在这起案件中，证词的内容在大框架上是一致的。

同样的，也可以说四个人的证词都对水浦有利，但一般不会有多名目击者都想包庇水浦的情况。

也就是说，四名目击者的共同点，并不是"与田熊或水浦有关系"。他们做伪证的理由与田熊、水浦无关。这有可能吗？是什么原因让他们撒谎？四个人做伪证的动机，可能相同，也可能各有不同。但不管怎么说，肯定有某个确切的理由。

葛警官重新整理了四个人的证词。严格来说，引导员蒲田看到的情况与其他三个人不同。蒲田看到的是，田熊驾驶的面包车"闯红灯进入十字路口后踩了刹车，与从南边进入十字路口的车辆相撞"。另外三个人则是在听到刹车声和撞击声后，才赶忙去看路口。只有蒲田做证说看到了碰撞的瞬间。

这一点很重要吗？

"不。"葛警官自问自答道。

如果是在法庭上，目击的是车祸发生的瞬间还是车祸发生后，有着完全不同的意义。不过，在考虑是否应该逮捕田熊的当下，两者并没有特别的区别。或许在事情发生的顺序中，隐藏着什么线索。

葛警官拿过手边的纸，在上面按时间顺序写下了今天凌晨发生的事情。

（1）田熊离开家，刑警开始跟踪。

（2）田熊经过十字路口以东约一百米处的施工地点时，施工信号灯是绿色。

（3）刑警在施工地点停车，当时施工信号灯是红色。

（4）便利店的监控录像拍下田熊的车向西行驶。

（5）便利店的监控录像拍下冈本的车向东行驶。

（6）冈本在施工地点停车，当时施工信号灯是红色。

（7）田熊与水浦在十字路口相撞，蒲田目击到事故发生的瞬间。

（8）古贺、纸川、冈本目击到事故现场。

（9）施工信号灯变绿，跟踪的刑警开车并发现事故。

（10）跟踪的刑警确保现场安全，救助伤者并向总部报告。

（11）急救车和交通部门到达现场（先后顺序不明），田熊和水浦被送往医院。

（12）我抵达现场，分配走访调查任务。

（13）取得蒲田和古贺的目击证词。

看着这份笔记，葛警官注意到从车祸发生到拿到完整证词间隔了相当长的时间。从记录来看，在第七条到第十二条之间，没有对周边人员进行询问，车祸发生在凌晨三点十分，而他到达现场是在凌晨三点二十八分。

通常收集现场目击者的证词并不容易，尤其是在凌晨三点左右发生的车祸。而这次竟然能够顺利地收集到四份目击者证词，这让葛警官一直有些在意。在这种不寻常的情况下，似乎隐藏着另一种奇怪的不协调感。

一般来说，多个目击者的证词很少会一致。在曾经发生的一起案件中，葛警官向三名目击者询问有关现场桌子上的物品时，得到的答案几乎是五花八门。一个人说桌子上有蓝色的盒子和铅笔，另一个人说有绿色的盒子和钢笔，还有一个人说有蓝绿色的盒子和吹箭。不过，这还算是目击者证词相对一致的案例。

人类的观察力和记忆力常常是模糊不清的，有时错误，有时准确。两个人的证词是否一致，葛警官并不会在意。如果三个人的证词完全相同，就显得有些可疑，更不用说四个人提供了完全相同的证词。他根本无法相信证词的真实性。

如果证词出奇地一致，那么有两种可能：要么目击者们统一了口径，要么他们在散播谣言。

在调查备受社会关注的事件时，警察得到的证词几乎都是谣传。很多人会把电视、报纸、网络上报道的事情说得像亲眼看见一样，而且随着时间的推移，这样的人会越来越多。不过，就算没有报道、没有经过时间发酵的情况下，也会有谣言散布。就像这一次，从车祸发生到问讯开始还不到二十分钟，似乎就产生了谣言。

如果真的如推断一样，那么信息是在哪里被"污染"的呢？换句话说，谣言的来源是哪里？

葛警官叫来身边的刑警："你去仔细检查便利店的监控录像。"

刑警惊讶地说："录像已经查过了。"

"不是外面的监控，是里面的。我想知道从车祸发生到古贺下班为止，这期间所有进入便利店的顾客。把所有客人的脸都打印出来，快去。"

"好的，我马上去。"

刑警小跑着离开会议室。葛警官向窗外望去，暗沉的天色昭示着夜晚的来临。

他用面包和牛奶咖啡填补午餐和晚餐的空缺，用维生素补充剂代替缺少的营养。接着，葛警官让询问目击者的刑警返回公安局——调查案件需要收集相关人员的照片，但现在他还没有确认交通事故目击者的照片，只有去走访的刑警知道目击者的长相。

下达指示、集合人员后，葛警官忽然有了一点空闲的时间。待命的刑警们和葛警官相顾无言，静静地等待资料送达。所有人都很默契地没说一句话。毕竟葛警官和下属们不是可以随意闲聊的关系，而且他们太累了，根本没有心思用无聊的玩笑来分散注意力。

葛警官默默地翻阅着资料：抢劫伤人案件的资料、嫌疑人的资料、凌晨发生车祸的资料……他仔细地重新阅读每一份资料。并不是他认为现在再看资料会有新的发现，而是因为他需要保持专注和思考。

凌晨三点左右，葛警官被刑警叫醒，而凌晨一点半他才刚去休息室躺下。在此次调查中，葛警官对自己和下属要求都很严格，这三天里他一共只睡了四个小时左右。

遭遇抢劫伤害的金井美代子所继承的房子很漂亮，但她的生活很拮据。据悉，她的家中很少存放现金等贵重物品，也就是说，凶手没有通过抢劫拿到太多钱。因此，他很有可能会继续犯罪。葛警官此次的高强度工作，就是为了阻止犯罪再次发生。因为谁也无法确定，"下一次"会不会升级成杀人案。

然而刑警也是人，超负荷工作也有极限。如果他现在放松下来，可能马上就会睡着。所以他必须一边用咖啡因刺激几乎瘫痪的大脑，一边等待监控录像的调查结果。

监控录像里应该会有蒲田、冈本和纸川的身影。蒲田在便利店附近的工地上彻夜工作；冈本上班时会路过便利店；纸川原本就住在便利店附近。可以推测，"面包车闯红灯进入十字路口发生车祸"的故事就是从那家便利店传播开来的。

但是，为什么呢？葛警官也经常去便利店，但从来没有和店员聊天。为什么会从便利店传出事故的谣言？他们又为什么会把听到的传闻作为自己的目击证词，并告诉刑警呢？

一股极具侵略性的睡意突然袭来，葛警官用力揉着眉间，艰难地将它赶走。这时，葛警官忽然知道了问题的答案。

"原来如此……"

就在葛警官念叨着这句话的时候，会议室的门打开了。负责检查监控录像的刑警拿着几张打印纸走进来："队长，整理出来了。"

说着，刑警把打印出来的纸平铺在桌子上。葛警官给其他等待的刑警打了个手势，让大家一起确认。

一名刑警指着一个驼背、黑发里夹杂着白发的男人说道："这是冈本。"

另一个刑警指着一个瘦弱的年轻人说："是纸川,不会有错。"

葛警官没见过蒲田的脸,但他很快就知道了照片中哪个是蒲田,因为蒲田穿着带有反光材料的制服。不过下属还是谨慎地看着图像,说道："虽然角度不好,但是……这个人看起来很像蒲田。"

葛警官点点头,看了看手表。现在是晚上八点不到,还不算是深夜。

"很好,再次联系目击者。"

刑警们感到有些困惑,其中一个人问葛警官："联系他们要问什么?"

"问他们到底看到了什么,没看到什么。另外,对蒲田的问讯我也要在场。"

二十分钟后,葛警官到达了藤冈市内的杂货店——蒲田商店。夜幕降临,商业街一片寂静,蒲田的店铺也拉下了卷帘门。商店的后面和二楼是住宅,葛警官和蒲田在一楼的客厅里面对面坐着。蒲田的妻子脸色苍白,似乎不想参与其中,径直上了二楼。这样对葛警官来说也更为方便。

尽管已经五十七岁,蒲田看起来比葛警官想象的要老得多。警察接受过相关的训练,通过观察人的脸能够大致推测出他的年龄。但如果不是事先知道,葛警官不会认为蒲田照夫还不到六十岁。

蒲田没有与葛警官等人对视,他无力地说道:"连茶都没有准备……抱歉。"

一名刑警体谅地回答:"不,没关系。我们突然来访才应该抱歉。其实,我们来这里是想再调查一下蒲田先生目睹的车祸。"

蒲田用一种求助的眼神看着挂钟:"我在十点要去做引导员,如果时间很长的话……"

"我们会很快结束的。"

"而且,你说的那场车祸,我今天早上也都说过了。我当时在做引导员,那辆面包车进入了十字路口。"

"当时的红绿灯是什么情况?"

蒲田低下头,从齿间挤出答案:"是红灯。"

刑警看向葛警官。葛警官并不知道今天凌晨蒲田是如何做证的,但从他现在说话的方式来看,即便是再迟钝的刑警也能看出他在撒谎。

葛警官问:"是便利店店员告诉你的吗?还是你这么跟他说的?"

蒲田涨红了脸,移开了视线。他摸了摸自己并未出汗的脸,仍在强撑着说:"你在说什么?我只是看见了……"

"嗯，我希望你能说出你看见的。这很重要，蒲田先生。"

"我真的看见了，看得清清楚楚。"

葛警官的眼神充满威慑力，连老练的刑警看了都会感到畏惧。此时，这双锐利的眼睛紧紧地盯着蒲田："不，你根本没有看到。"

"我当时在现场。"

"没错，你确实在现场，而且睡着了。"

在市内的其他地方，另外三个目击者应该也接受了同样的质询。蒲田为了避免票据作废，白天忙于店铺经营和资金筹措，晚上还要兼职做交通引导员。繁重的工作对于年过半百的他来说，体力根本跟不上，因此在做引导员时常被评价工作态度不好。如果他再出一次差错，可能就会被辞退。如果被辞退了，就不一定能找到下一份工作。凌晨三点，蒲田筋疲力尽，最终败给了袭来的睡意。而且，这件事不能让任何人知道。

古贺本身就有前科，所以近年来不得不多次更换工作。现在在亲戚介绍的便利店打工，同时还在上定时制高中，生活似乎在逐渐变好。但店长知道古贺有前科，打算一有机会就解雇他。古贺从昨天到今天的排班让他非常辛苦，连刑警们都惊讶于排班的不合理。凌晨三点，古贺筋疲力尽，最终败给了袭来的睡意。而且，这件事不能让任何人知道。

纸川是游戏里一支队伍的领袖,为了赢得游戏中的"战争",他指挥着其他玩家。调查发现他的指令是通过实时聊天发出的,由于团队成员遍布世界各地且存在时差,纸川必须日夜不停地指导玩家。然而到了正式比赛时,他已经没什么精神专注于游戏。凌晨三点,纸川筋疲力尽,最终败给了袭来的睡意。而且,这件事不能让任何人知道。

冈本是急诊科的医生,一直承担着繁重的工作。他的工作关系到人的生命,需要精神高度集中。在长时间工作之后,冈本终于驶上了回家的路。在施工信号灯处,他停车等待。在信号灯变绿之前的短暂时间里,即使失去了一瞬间的意识也是可能的。但疲劳驾驶是严重的交通违法行为。凌晨三点,冈本筋疲力尽,最终败给了袭来的睡意。而且,这件事不能让任何人知道。

因此,他们撒了谎。为了坚称自己没有睡着,他们欣然接受了信号灯是红灯的"事实"。

蒲田颓丧地低下了头。

"我……我很抱歉。我是鬼迷心窍了。车祸发生后,我就觉得大事不妙。如果我说我在打瞌睡,什么都没看见,肯定会被炒鱿鱼的。我想店员肯定看到了什么,就跑进了便利店。但是店员也没有说看到了还是没看到,还反过来问我发生了什么事,我也不能说没看到……所以,我只好说路口的信号灯是红灯。不是店员的错,是我说的。"

当时，古贺听了蒲田随口说的话，在做证时也说了出来。纸川和冈本为了证明自己看到了车祸，可能在便利店向古贺询问了事故的情况，又或者古贺为了掩盖工作时打瞌睡的事实，特意向顾客讲述了车祸的经过。

蒲田后悔得泪流满面。

"我做了无法挽回的错事。警官，我这是犯罪吗？"

如果要追究在警察走访时撒谎的罪，那有再多的拘留所也容纳不下"罪犯"。但是，葛警官严肃地回答："这取决于蒲田先生你自己。请告诉我，你到底看到了什么。"

"不管您怎么问我……"蒲田一脸困惑地看着天花板，言语混乱，"我应该只是靠在建筑招牌上睡了一小会儿。可能在十秒、二十秒或者三十秒后，我被一声巨响惊醒，发现十字路口发生了车祸。我看到的是一辆翻倒的车和一辆撞上电线杆的面包车，还有从面包车里爬出来的司机倒在排水沟旁。"

"面包车司机从车里爬出来，然后倒在排水沟旁，对吗？"

蒲田似乎被葛警官的语气吓到了，再次低下了头。但最终他抬起头，坚定地点了点头："是的，确实是这样。"

葛警官命令一旁的刑警："马上彻查路口的排水沟，看看田熊扔掉了什么东西。"

一个小时后,刑警们在排水沟下游发现了一个金属奖杯。从奖杯上的铭文可以看出,这是二十二年前金井美代子在市美术展上获得优秀奖时得到的奖杯。第二天早上,奖杯的底座上被检测到了血液反应。尽管奖杯被流水冲刷,但仍然检测到了田熊的指纹。

九月七日上午九点零三分,专案组以涉嫌抢劫伤人罪将田熊龙人抓获。而在十字路口发生的车祸因为没有目击者,调查陷入了僵局。但经过审讯,水浦律治最终承认了自己因玩手机分心而闯了红灯。由于举证困难,只能以违反道路交通法对水浦进行处罚,扣除六分违章积分并处以相应罚款。

在接下来的一段时间里,公安局搜查一科的新户部科长的心情一直很差。从车祸的调查到抢劫伤人案凶手的逮捕,葛警官的调查方法都让他感到非常不满意。不过,新户部警官心情不好的情况时有发生,所以葛警官也没有注意到他比平时更加不高兴。

金井美代子在九月八日恢复了意识。之后,她的身体恢复得很顺利,也主动接受了警方的问讯。

救命之恩

根据录音记录显示，第一报案人在报警时这样询问："嗯……其实我不是很确定……也有可能是我看错了，如果真的是我看错了的话，我会被抓起来吗？"

报案人通常会表现出惊慌失措、焦虑不安，接警处的接线员用温和的语气安抚对方，并试图让对方说清楚情况。终于，报案人犹犹豫豫地开口："我捡到一个像手臂一样的东西。那个看起来……像人的手臂。"

七月十二日上午十一点零二分，天气晴朗，非常适合露营和徒步旅行。报警地点在群马县榛名山麓的萱草回廊。那里距离最近的公安局较远，接到指令的警察花了五十一分钟才赶到现场。报案人服部央（二十八岁）正在前往露营地——榛名宿营地的办公室，那里距离现场约五百米远。警察抵达现场后立刻联系了他，并与他一起去指认现场。

萱草回廊是一条横跨湿地的环状木栈道，全长约五公里。这里是一个相当大的风景区，以夏季鲜花盛开而闻名。

每年的这个时候都会有不少家庭来这里旅游，非常热闹。服部带警察去的地方是距离回廊起点步行大约十分钟的地方。除了服部之外，还有几名游客也注意到了疑似手臂的东西，因此在木栈道上聚集了不少人。

围观的群众看到警察时，脸上纷纷露出如释重负的表情，其中一个人指着草丛说："就在那里。"

其实，每年都会有类似的报警事件发生，通常是将玩偶或野生动物的尸体误认为人类肢体。在这次的警情中，到场的警察却立刻请求了支援。

在盛夏茂盛的芦苇草丛中，那散发出腐烂气息的东西，显然就是人类的上臂。

在警察报告发现人体部分肢体一个半小时后，当地的高崎箕轮公安局设立了特别专案组，由群马公安局总部搜查一科的葛警官带领小组负责侦查。

被路人发现的是右上臂，原本用上野新闻六月三十日发行的早报包裹着，但报纸被野生动物啃食时弄破，所以残肢显现在路人眼前。遗体被立即送往前桥大学医学部。第二天，法医学专家桐乃教授向特别专案组报告了调查结果。根据腐败的程度，他判断手臂被切断已有一周左右。由于残肢的腐败程度很高，而且被野生动物啃食过，无法确认伤口的生活反应，因此无法判断手臂是在生前还是死后被切断的。

不过，幸运的是被发现的部位是肱骨。通常来说，骨头可以提供主人的年龄和血型等信息，但从几个特殊的骨头部位可以获得更多的信息。比如这次案件中发现的肱骨，就可以通过它推算出主人的身高和性别。手臂的主人应该是一名四十至六十岁的男性，身高约一百七十五厘米，血型为 A 型。

葛警官考虑到手臂主人的生存可能性，首先向县内所有医院确认最近是否有右臂残缺的患者就诊。同时，他还让下属确认是否有符合相关特征的失踪人员或人口失踪报案。最后，他就第二天的搜山任务向各公安局请求支援。

新闻报道总是异常迅速，当日傍晚的新闻里，媒体就报道了该案件。群马县最著名的景点发现了人体残肢，这件事引起了人们的好奇心，网络上也开始出现各种猜测。

夜幕降临，调查取得了一些进展。县内的医院称，近日并没有右臂残缺的患者就诊。至于身高一百七十五厘米的失踪者则有不少，负责此事的警察特意为葛警官拟了一份失踪人员名单。

晚上八点多，桐乃教授给葛警官打了一通电话。

"在肱骨末端发现了金属擦痕。"

公安局的会议室里，葛警官左手拿着手机，右手做着笔记。

"有人用骨头去摩擦金属？"

"有可能。不过更确切地说，应该是金属摩擦了骨头……我猜大概是锯子吧。"

包括葛警官在内，特别专案组一开始并没有直接断定这个案件是一起谋杀案。因为现场位于旅游风景区，而不是城市。可能是游客因一些事故或疾病死亡，遗体被野生动物啃食后，上臂被扔到了人们能看到的地方。但随着骨头上金属擦痕的发现，案件的性质发生了变化。

葛警官立即向小田指挥官报告，称这起事件可能是一起谋杀案。

第二天早上，榛名山麓的露营地聚集了超过两百名警察和记者。

警方原计划在上午十点举行的记者会上，公布案件为人为截肢的信息，然而，现场聚集了大量记者，葛警官觉得可能有人泄露了侦查信息。警方高层除了做好职责范围内的工作之外，还需要与记者建立良好的关系，其中一个方法是在不影响调查的情况下，适当地"泄露信息"。

在搜山任务中，群马县公安局投入了所有的警犬。时值盛夏，八点刚开始搜山，阳光便无情地炙烤着森林。榛名山麓面积广大，一百多名警察手持警棍，为了寻找能够确定死者身份的物品以及发现剩余的人体部位，他们不敢有一丝懈怠。

葛警官对搜山的成果不抱太大期望，但同时也并不悲观。他认为应该不会有人砍掉了某人的手臂后，只把右上臂扔到榛名山麓，然后把其他部位扔到另一个地方。如果凶手如此谨慎，就不会将其扔在景区步行栈道附近的草丛里。另外，这座山非常大，如果要藏匿尸体，倒是个合适的地点。

没错，继续搜索下去应该会发现尸体的其余部分。但是，为什么？凶手为什么要肢解尸体呢？如果不弄清楚这一点，即使找到了尸体的剩余部分并确定了嫌疑人，也无法揭开案件的真相吧？葛警官有预感，这起案件的真相将归结于这个"为什么"。

本来在开始搜山前是不需要进行特别训示的，只要现场指挥官说"开始"，搜索队伍就会立即出发。但是这次，高崎箕轮公安局局长兼专案组副组长特别传达了注意事项。榛名山地区，包括萱草回廊在内，已被认定为县立公园，虽然不禁止警察进入，但要注意不能伤害动植物。他指示负责搜山的警察要彻底搜查，同时不能破坏任何东西。随着小田指挥官一声令下，警察们开始向湿地前进，一旁报社和杂志社的摄影师们纷纷按下快门，而葛警官则留在警车内等待反馈。

十五分钟后,从现场传来了第一份报告——在榛名山地区内发现了疑似人类小腿的尸体部分。小田指挥官听了,立即让鉴定人员前往现场。葛警官身边负责联络的刑警抱着双臂说道:"看样子,我们会找到尸体的其他部分。"

正如他所说,仅仅上午就有四份发现报告。被发现的都是下肢:大腿和小腿被切割开,小腿还连着脚部。

搜索进行到下午,在萱草回廊的某处发现了人类躯干。躯干上的脖子和四肢从根部被切开,由于躯干包含柔软的内脏和臀部,啃噬痕迹最为严重。不久,又发现了连着手掌的右前臂。遗憾的是,由于手掌已经腐败,无法进行指纹鉴定。

漫长的一天即将结束,就在今天的搜索接近尾声时,无线电对讲机那头传来了一份重要报告,称找到了最重要的部位。听筒里传来的声音透着疲惫和兴奋:"找到了!是头部。"

小田指挥官直截了当地问道:"能辨别长相吗?"

"不行,面部被咬得不成样子了。"

"牙齿呢?"

"这个还有,没有被人为损坏。"

牙齿瞬间成了关键线索。警方立即制作了牙齿模型,并向县内的牙科医生进行查询。通过对比治疗痕迹,第二天上午便确认了遗体的身份。

死者为野末晴义（五十八岁），他的儿子野末胜（二十九岁）于十天前报案，报的是人口失踪。

野末晴义在高崎市经营着一家名为"野末涂装"的涂装公司，与儿子阿胜一起住在一栋商住一体的房子里。三年前，他与妻子离婚，两人只有阿胜一个孩子。晴义的父亲于两年前去世，母亲住在高崎市内。因为医生说她的生活起居需要有人护理，所以她目前住在收费的养老院里。

葛警官命令专案组的其他成员查清萱草回廊和榛名宿营地周边的监控录像，自己则率领搜查一科的下属前往野末家。

葛警官亲自前往，就是为了见阿胜。通常情况下，被害人家属会到公安局或医院确认遗体身份，葛警官在那里就可以见到死者家属。然而这次由于遗体损坏得十分严重，不适合让家属查看。再加上已经通过其他技术手段确认了遗体的身份，专案组便通过电话告知了阿胜，所以警方并未直接见到他本人。侦查依靠物证推进，但犯下罪行的是人。葛警官不会仅凭对一个人的印象来制订调查方案，但他要见过本人后再开始调查。

野末家位于高崎市北部。这里的建筑古朴，在鳞次栉比的住宅中，随处可见榻榻米店、电器店、自行车店等与人们生活息息相关的店铺，野末涂装也同样静静地伫立在普通的民宅之中。房子有两层，一楼用来工作，二楼则用来居住。

由于被害人的姓名已经在记者会上公布了，所以现在野末家门前挤满了各路记者。当地警察吹响警哨，伸手挡开记者，为葛警官等人的车腾出空间。葛警官和其中两名刑警先下了车，其余人员在车内待命。

一名新人记者立刻上前，将话筒对准葛警官问："可以说一下之后调查的方向吗？"

葛警官自不必说，其他刑警们也一概保持缄默。村田警官走在最前面，他按下门铃，里面的人马上接通了对讲机。

"你好。"

"我们是警察，上门拜访是来通知您案件的情况。"

大门的电子锁传来机械的开锁声。

"请进。"

出现在葛警官面前的是一张憔悴的脸。

阿胜个子高大，体格壮实，脸上的胡子修剪得很整齐。虽然他穿着居家短袖，但并不显得邋遢。一般很少有人在警察到访时能保持镇定，但阿胜没有一丝慌张的样子。葛警官从阿胜的眼神深处读出了一些毫无感情的东西。这是筋疲力尽、不再抱有期待的眼神，葛警官曾经多次见过，有时是在罪犯的眼里,有时是在普通人的眼里。

按照惯例,在拜访被害人家属时,一般会先上一炷香。但这一次,葛警官并没有去上香。野末晴义的遗体目前还在前桥大学的法医学解剖室,估计葬礼要延后举行,现在在遗像前双手合十也没有任何意义。葛警官等人被请进了客厅,也许是没有准备好,只有葛警官有一个坐垫。

阿胜一脸茫然,过了一会儿才低声说道:"啊,对了,我得泡茶……"

村田警官举手阻止:"不用了,没关系。我们直接进入正题吧。"

等阿胜入座后,村田警官开始说明案件的情况。阿胜似乎已经接受了父亲被人肢解的事实。他没有感到愤怒,也没有表现出悲伤,只是愣愣地说:"那么,那个真的是我的父亲吗?"

村田回答:"很遗憾,我们已经确认就是令尊。"

阿胜叹了口气,葛警官揣摩不出这声叹息的意义。阿胜继续说:"那就麻烦警官们侦查案件了,不知道我什么时候能带回父亲的遗体?"

"因为现在正在进行司法解剖,所以还不确定,应该会在几天内完成。"

"我知道了。如果确定了日期,请尽快告诉我……我还需要准备葬礼。"

村田警官点点头,微微探出身子。

"那么,野末先生,对于在这种情况下给您带来的不便,我们深表歉意。但考虑到这是一起谋杀案,我必须问您一些问题。您知道有谁对令尊怀恨在心或与他作对吗?"

阿胜有些为难地回答:"父亲的性格并不讨人喜欢,对订货客户的态度也很差,经常被对方取消合作。他在常去的酒馆也会跟别人起冲突,所以有些店会禁止我父亲进入。"

说到这里,阿胜想了想,道:"一定有很多人讨厌我父亲吧。但是,我想不出有谁会恨到要杀人。不,也有可能是酒后互殴,然后导致父亲死亡……"

阿胜垂下眼帘,略带自嘲地笑了笑:"那也不至于分尸。"

村田警官点点头,一一记了下来,又问了一句:"那有没有交往的对象呢?"

"我想应该没有。"

"金钱纠纷呢?"

"如果要说的话,应该是有的,父亲不太擅长管理钱财,但从未有人上门讨债。"

阿胜的回答很明确。村田警官一边点头,一边快速记录下来。

"我们可以调查一下令尊是否牵扯到什么纠纷吗？"

阿胜第一次露出惊讶的表情："调查是指……"

"日记、信件里可能记载了一些信息，另外还有账簿和存折也需要调查。"

阿胜脸上浮现出微笑："哦，你是说搜查我家吗？我当然不介意，请随意。"

如果阿胜拒绝的话，就不得不强行进行搜查。虽然对野末家的搜查令已经发出，但如果没有得到阿胜同意就强行搜查，他很可能会不配合。

得到应允后，村田警官松了一口气。似乎是怕阿胜改变主意，村田警官立刻说道："谢谢，那么我们现在就开始了。"

随后，他拿出手机通知同事们。

"得到同意了，开始搜查吧。"

没过多久，原本在车里等候的刑警们就进屋了。出示搜查令及指挥搜查的任务都交由下属负责，葛警官只是一言不发地和阿胜面对面坐着。

村田警官一脸放松，用不那么严肃的语气问道："话说回来，野末先生一直在帮家里做生意吗？"

也许是因为进来的刑警比预想的多，阿胜有些愣住了。

随后，他坦诚地回答了问题。

"不，也就这两年。"

"这么说来，你之前还有别的工作吗？"

"嗯，我以前在福冈担任IT（信息技术）工程师。"

"是令尊叫你回老家的吗？"

阿胜低着头回答道："不是的。我的事应该跟案件无关吧？"

说完这句话，阿胜微微一笑。

"啊，我懂了，你在调查我。好吧，那我就告诉你。我从东京的大学毕业后，就去福冈工作了。可那份工作让我十分受挫，几乎抑郁。辞职后，我就在家休息了三年左右。前年开始，我终于可以帮家里干一点会计的活了。需要我提供医院和主治医生的名字吗？"

村田警官的表情有些沉痛，但还是说出了该说的话："如果你不介意的话，请告诉我。"

阿胜的脸涨得通红，但语气不失平静："是城川诊所[①]的城川医生。"

[①] 日本的"诊所"主要是指治疗日常生活中常见的疾病（感冒等）或专门治疗某项疾病（如牙科等）的私人医疗机构。与之相对的"病院（医院）"则是指综合医院，可以治疗的疾病较多。但由于日本实行分诊制，所以有时需要提前预约或者由诊所医生出具推荐信。——译者注

村田警官动动笔，记下了那个名字。他清清嗓子，语气变得沉重了一些："野末先生，这可能会触及你的伤心处，但我必须向你了解一下。你在本月三号报案说令尊失踪，请告诉我们这个日期前后的你在做什么，还有令尊是在三号当天失踪的吗？"

阿胜淡淡地回答道："不是。一号是休息日，我去了前桥，到朋友家玩。我们一起去了酒馆，晚上我就直接住在他家了。第二天我回来的时候是七点多，还不到开店时间，但家里没有人。我给父亲的手机发了信息，没有收到回复。我一开始觉得很奇怪，但父亲经常不回短信，所以我觉得没必要大惊小怪。到了三号，父亲还没回家，我就去父亲常去的店里询问，老板说我的父亲已经一天没来了，于是我报案了。"

"令尊常去的那家店叫什么名字？"

"我去问的店是稻森和丸高屋，可能还有其他的店，或者我不知道的地方。"

"以防万一，请告诉我你那位朋友的姓名和联系方式。"

"他叫荒川悠斗。"

阿胜看着手机，没有丝毫犹豫地把荒川的地址和电话号码告诉给了村田警官。

葛警官有些怀疑，阿胜的态度是否过于配合。在家人死亡的案件中，很少有家属能冷静地回答关于自己的行动轨迹的问题，更不用说毫不犹豫地说出朋友的联系方式。几乎所有家属都会对警方的提问感到震惊，并表现出悲痛或愤怒。不过，人的性格是各不相同的。虽然阿胜看上去并没有对父亲的死感到悲痛，但也可以说，他全力配合警方是对父亲的悼念。另一方面，葛警官也没有忘记阿胜是晴义唯一的孩子。这意味着，如果晴义去世，遗产的唯一继承人就是阿胜。

正在搜查的刑警走进客厅，向葛警官眨了眨眼。葛警官说了一声"失陪"，便离开座位，和刑警一起去了走廊。

刑警戴着手套，手里拿着一捆文件。

"在晴义的房间发现了防水大衣、登山杖和背包。"

"是登山用的？"

"是的。鞋柜里也有登山鞋，所以应该是登山用的物品。除此之外，还有这些文件。"

所谓的文件，是指在A4复印纸上手写的借条。每张借条的借款大约是一万日元或两万日元，最多也就五万日元，但是借条的数量不少。所有借款人都是野末晴义，贷款人是宫田村昭彦。

葛警官看了看这几张借条，低声说道："没有还款日期。"

刑警似乎有些意外："啊，是的。"

葛警官没有在意刑警有些底气不足的回答，他把借条带回了阿胜所在的客厅。村田警官正在反复询问晴义的交友情况，葛警官趁他们谈话的间隙直接问："野末先生，你对'宫田村昭彦'这个名字有印象吗？"

阿胜皱起了眉头："宫田村？不好意思，没听说过。"

"令尊曾经多次向那个人借钱。"

听到这话，阿胜啊了一声。

"那个人是叫这个名字吗？如果是那个人的话，我应该是知道的。但我不知道父亲向他借过那么多次钱。"

"他们两人是什么关系？"

阿胜的脸上露出困惑的表情："说实话，我不太了解。有时候他会来我家里，我猜他是父亲的朋友，但父亲就像使唤下人一样使唤他。父亲说：'那家伙在我面前抬不起头来。'在我看来，那个人似乎总是很卑微。除此之外我就不知道了。"

说到这里，阿胜有些心虚地小声说："啊，不过我不知道那个人是不是宫田村先生。如果我搞错了，那就抱歉了。"

"有照片的话能认出来吗？"

"我不知道。可能认不出来，我没有仔细看过他的脸。"

葛警官点点头，接着话锋一转："对了，令尊平时会爬山吗？"

阿胜这次肯定地点了点头："是的。但他的膝盖受伤了，所以有几年没去爬了。"

在对野末家的搜查中，葛警官一行人获得了野末涂装的客户名单、财务状况、晴义寄贺年卡的对象等诸多信息。由于电脑里的数据和文件分析需要时间，在征得阿胜同意后，警方将电脑带回了公安局。

此次搜查，最大的收获是找到了晴义的手机，它一直在晴义的床边充电。由于阿胜并不知道晴义的手机密码，所以不能马上查看里面的数据。

葛警官下令对晴义的关系网进行调查，并特别指示要对官田村昭彦进行详细的调查。当天，刑警就对这个名字进行了与前科数据的核对，但没有找到同名人物被捕的记录。

在市内搜查的同时，搜山行动也在继续。

过去两天的搜索中，搜索队接连发现疑似野末晴义的残肢。除了之前发现的躯干、下半身、右臂、头部外，还发现了左前臂。在搜索过程中，搜索队还发现了完全不同的、疑似老人的人骨，已经完全白骨化，应该与此次事件无关。

搜山第一天发现的部分尸体已经完成了解剖分析，由于头骨交给了牙医制作牙齿图,所以头骨的分析尚未完成。

这天,葛警官终于收到了尸检报告。他首先阅读法医关于头盖骨的口述记录。

"这是人的头部。它被放置在解剖台上的棉垫上,面部朝向天花板。死者的发型为寸头。第一颈椎,即头部与颈部接触的部分被切断,切割面上有擦痕。右眼缺失,左眼严重受损。嘴唇周围有大量伤痕。整体腐败严重,指压有渗出液。"

葛警官一边读着这份报告,一边用便利店的面包当早餐。他已经通过电话询问了桐乃教授的一些观点,比如用于切割的工具可能是锯子,眼睛和嘴唇上的伤口可能是野鸟啄食造成的。尽管正式的鉴定书会在这之后提交,但桐乃教授正忙于对各个残肢进行司法解剖,暂时没有时间撰写鉴定书。

通过对相关各方的询问,葛警官脑海中对晴义的形象逐渐变得清晰起来。

在早上的调查会议上,所有相关信息都汇总了起来。

曾经委托晴义进行装潢的雇主称:"我让他粉刷外墙,结果他涂刷了完全不同的颜色。我才说了他几句,他就扬言要杀了我。"

此外,还有同行表示:"我不想说死者的坏话,但不说又对不起良心。他工作不认真，而且很自大。说实话，我跟他相处不来。我记得他以前不是这样的……"

关于晴义，最让警方震惊的是在电视上播放的一段采访。在午餐时间，疲惫的刑警们在会议室里随便吃了点东西，电视屏幕上播放了一个关于此次案件的采访节目。其中，一位脸上打着马赛克的老人在谈及案件时，压低声音说道："那户人家啊，他们家人之间关系很差。父亲嘛，是个酒鬼，儿子是在外面混不下去才回的老家。我经常听见他们吵架，吵得不可开交。"

会议室里充满了刑警们的叹息声。

每当案件发生时，总有人喜欢散布相关人员的不良传言。一般情况下，电视台不会播放如此恶劣的评价。它被播放出来，几乎可以算得上是播出事故。随后，高崎箕轮公安局不断接到电话，称"儿子很可疑"，要求警方"马上逮捕儿子"。

下午，葛警官在会议室听完了下属的汇报。一名当地刑警负责在市内的登山用品店走访，他在某家店内发现了一个可疑的名字，叫作宫田村。

"宫田村昭彦也是一名登山爱好者，据说是个中年人，他的年龄和职业还在确认中。市内登山用品店井泽体育用品店的店主井泽登志夫说自己认识野末和宫田村。据井泽介绍，被害人曾经救过遇险的宫田村。"

葛警官双手交叉，做出思考的样子。

"详细讲讲。"

"井泽也只是曾经从野末晴义那里听说过一点，更多细节他也不知道。据说在几年前，宫田村带着女儿去攀登谷川岳时不幸遇险，当时是正好路过的野末晴义救了他们。宫田村很感激他，不仅救了自己的命，也救了孩子的命。从那以后，他就开始与野末晴义有了往来。"

所谓往来，大概也包括宫田村开始借钱给晴义吧。葛警官问道："井泽知道宫田村的联系方式吗？"

"他给宫田村送过货，所以我拿到了宫田村的地址和固定电话号码。"

"很好，马上去那个地址。"

向当地刑警下达指令后，葛警官立即与沼田公安局取得联系，因为沼田公安局有一支谷川岳警备队。

谷川岳是群马县的一座大型山峰，也是日本数一数二的险峻高山。曾经有一年，那里发生事故，导致三十多人遇难。因此，群马县的警方早在普通的山岳救援队成立之前，就组织了谷川岳警备队。

当警备队队长接到电话时，葛警官略过寒暄，直接说道："我是总部搜查一科的，我姓葛。关于榛名山麓弃尸事件，出现了一个名字叫宫田村昭彦的人。听说野末晴义在谷川岳曾经救过宫田村，你那里有记录吗？"

警备队长是个沉默寡言的男人，道："我有印象。稍等，我查一下。"

谷川岳警备队反应很迅速，二十分钟后，特别专案组的传真机便收到了警备队整理好的详细信息。

"六年前的九月二十三日上午十一点四十分左右，在谷川岳发生了一起意外遇险事故。宫田村昭彦（当时三十八岁）和女儿香苗（当时十四岁）在山间滑落，受了重伤并丢失了背包。由于宫田村父女的手机放在背包里，所以两人无法呼叫救援。就在二人无法动弹之际，偶然路过的野末晴义（当时五十二岁）对他们施以援手，对伤者进行了紧急处理。"

"虽然晴义向谷川岳警备队申请了救援，但香苗因伤口血流不止，体温开始下降，处于极为危险的状态。于是，晴义留下食物、饮料和燃料给昭彦后，选择先救香苗，背着她开始下山。下午一点三十一分，我们的警备队发现了野末和宫田村香苗。宫田村香苗被迅速送往医院。下午两点零七分，警备队发现了宫田村昭彦，用担架将他抬下了山。"

葛警官对这起遇险事故的新闻没有印象，特别专案组也没有人听说过野末和宫田村的名字。可能是因为那次遇险事故当时没有被定性为犯罪，所以没有被报道吧。

葛警官拿着报告，低声说道："宫田村自然会感激野末。野末以救命之恩为借口，多次向他借钱也说得通。但……"

但是，为什么野末晴义被肢解，并被抛尸于榛名山麓呢？葛警官还没有找到一个合适的理由。

总感觉少了点什么。

距离确认野末晴义的身份已经过去了三天，调查发现对晴义深恶痛绝的人只有一个，那就是被涂错颜色的雇主德安康一郎（五十七岁）。德安在高崎市内经营一家冲绳料理店，生意不错，最近还开了第二家分店。外墙粉刷的纠纷已经是四年前的事了，如今有另一家公司按照德安的想法，将他的墙壁刷成了浅紫色。葛警官不会放过任何犯罪的可能性，但刷漆的纠纷很难作为杀人动机，而且时间也过得太久了。因此，特别专案组没有将德安列为调查对象。

虽然晴义经常在常去的酒馆里和人争吵，但也没有发现足以产生杀意的对象。他总是一个人喝酒，和顾客纠缠，然后独自回家。

野末涂装的经营遇到困难，没有办法提高业绩。现在晴义去世了，他的公司肯定撑不过一个月。阿胜说从来没有讨债的人上门，但晴义不仅背负公司的贷款，还额外借了钱，金额高达四百二十万七千日元。

不过晴义是向消费者金融机构借的钱。这个机构有群马县知事及财务局长的背书,不可能因为死者无法偿还债务,就直接杀害死者。至少他们应该会上门催促还款。总的来说,野末晴义是一个在老城区做生意的人,但人际关系很淡薄。目前唯一的例外,是他与宫田村昭彦的关系。

一名刑警从井泽体育用品店那里得到了宫田村的地址。他驱车前往后,发现宫田村早已搬家。他给葛警官打了个电话,简短地汇报了一下追查的情况,并表示根据居民的迁移登记信息,将自行前往高崎市继续追查宫田村的行踪。

葛警官下令,要求再次寻找知晓野末和宫田村关系的人。当天下午,葛警官接到了下属佐藤的电话。接通电话后,佐藤警官冷静地报告:"队长,野末晴义的母亲记得宫田村的名字。"

"死者的母亲?"

葛警官拿起放在会议室桌子上的一份文件。野末晴义的母亲叫裕子,今年八十二岁。目前住在养护一体的深泽养老院里,是二级护理对象。如果是二级护理对象,那么她的思考能力和记忆力应该会有所衰退。

"可信吗?"

听到自己的汇报受到质疑,佐藤警官的声音也没有丝毫变化:"不能确定。不过,我从她的嘴里听到了一个完整的故事,我来复述一下。"

佐藤警官将故事的真伪交由葛警官判断,葛警官则把手边的纸笔准备好。

"你开始吧。"

"据说，死者曾经向野末裕子讲述过自己在山里救了人，而被救助的人就是宫田村。宫田村表示自己很感激死者，愿意满足死者的任何要求。"

葛警官没有动笔，这些事情已经在先前的调查中查明了。

佐藤警官继续说："裕子说'这下，也不用担心阿胜了'。"

葛警官想了一会儿。死者身边有了宫田村这个听候差遣的人，为什么会因此对阿胜感到安心呢？听上去似乎有道理，仔细一想却说不通。

"那是什么意思？"

"我也不清楚。野末裕子说，阿胜不擅长与人交往，如果有一个好人出现，希望能和那个人长久来往，这样就不用担心阿胜了。目前还不清楚这是野末裕子个人的想法，还是死者晴义曾经对裕子说的话。"

葛警官的笔尖停在半空中，过了一会儿，他才在纸上记录下佐藤警官的报告。在调查中不可能追踪到完整的信息，就像德安康一郎被排除在调查对象之外一样，如果不剔除无关的线索，调查就会事倍功半。但现在，葛警官无法将这个故事简单地当作是老人关心孙子的胡言乱语。

葛警官回复道:"好的,你继续走访各个相关人员。"

然后挂断了电话。

到了傍晚,分析野末家文件和存折的小队发来了报告。负责的刑警没有摆出一副骄傲的表情,他认认真真地按照调查结果进行报告。

"队长,调查发现死者野末晴义购买了人寿保险。在前年的八月,死者购买了一千万日元的死亡保险金,受益人是他的儿子阿胜。不过在现有的证据中,我们没有找到保险单。"

"一千万?"葛警官看着自己手边的资料,低声说道。

野末涂装公司负债累累,已经抵押了房屋。此外,阿胜还必须支付养老院的费用。晴义一旦去世,恐怕今后将无法继续支付这笔费用,裕子只能居家护理。但是如果有一千万日元的话,即使公司破产,房子也能保住,还能继续缴纳养老院的费用。

葛警官下令:"向阿胜确认一下,问他知不知道保险这件事。"

得到命令后,刑警们迅速离开会议室。葛警官觉得这是非常有必要的确认,但同时也是毫无意义的确认。无论阿胜回答知道还是不知道,都没有办法确认是否属实。唯一可以确定的是,阿胜将因晴义的死亡而获利。

暂时没有新的报告,葛警官有了一点空闲时间。

葛警官还没吃午饭,他伸手去拿桌上的面包。就在这时,一通来电打断了他的动作。手机屏幕上显示的名字,正是追查宫田村行踪的刑警。葛警官接起电话,电话里马上便传来一个兴奋的声音。

"队长,找到宫田村现在的地址了!"

"嗯。"

葛警官对这个消息并没有表现得太激动,毕竟宫田村的现住址已经通过住民迁移信息掌握了。不过刑警的报告并没有就此结束。

"他住在市内的田村庄公寓里。我询问了房东,也得知了他的工作地点。宫田村在一家名为纯白清洁公司的工厂工作,而且从十三号开始就一直缺勤,之后也没有回过公寓!"

"什么!"

葛警官换了只手拿手机。十三号,正是野末晴义的右上臂在萱草回廊被发现的第二天。

死者的部分遗体刚被发现,宫田村就消失了,这个可疑的行为让葛警官不免将两件事联系到一起。

"好,准备一张宫田村的照片。"

"是。"

葛警官挂断电话后,向小田指挥官提出了请求,要求调动特别专案组的全部警力追查宫田村的下落。

宫田村昭彦(四十四岁)出生于埼玉县所泽市。高中及之前都在所泽市的学校就读,高中毕业后前往京都的大学学习法学。大学毕业后,他成了一名保险销售员,在大泉保险公司工作期间,取得了出色的销售业绩。六年前他离职后,之后在纯白清洁公司的工厂工作了三年。在纯白清洁公司工作期间,他广受好评,虽然因为身体不好无法从事体力劳动,但他性格好,待人接物有礼,完全没有员工说他的坏话。

十年前,宫田村与妻子丰冈优美(四十一岁)离婚,并获得了女儿香苗(二十岁)的监护权。香苗现在在东京上大学。宫田村的父母住在所泽市,父亲一彦(六十八岁)在一家食材进口公司工作,母亲聪子(六十二岁)则是邮局的员工。

宫田村本人没有前科,不过他有一辆白色的厢式多用途车,有过违章停车的记录。

特别专案组笼罩在一种异样的紧张感中。

在榛名山麓发现的碎尸,引发了极大的舆论反响。连日来，大众媒体对警方高层泄露的少量信息进行了大篇幅的报道。往年举家前往的萱草回廊如今无人游览，群马县全境的旅馆都被游客取消了住宿订单。即使新闻报道了警方在追捕"疑似知情男子"的消息，关于野末胜杀害父亲并将其肢解丢弃的言论仍在网络上流传。

特别专案组拿到了宫田村昭彦的照片，并得到了群马县公安局的全面支持，同时他们也向警视厅及各道府县公安局[1]请求协助。如果动用所有手段仍然无法找到宫田村，特别专案组将会颜面尽失。

不过，葛警官并没有考虑面子的问题。

经鉴定，在野末家的浴室中有大量的血液反应。主藤法医表示，从浴室检测出血液反应是正常的，根据反应的数量，可以判定野末晴义是在自家浴室被肢解的。

另外，居住在前桥市的荒川悠斗做证，七月一日野末胜确实曾来访。上午十一点左右，阿胜按照约定来到荒川家，两人一起去看了电影。午饭后，他们又看了另一部电影，随后去逛了书店和服装店。到了晚上，他们在居酒屋聊了聊双方的近况。荒川家有客房，阿胜当天就住在那里，

---

[1] 都道府县是日本的行政划分，分别为一个都（东京都）、一个道（北海道）、两个府（大阪府、京都府）和四十三个县，下设市、町、村。文中提到的"警视厅"为东京的公安局，"道府县警"则为其余地区的公安局。——译者注

荒川的家人也可以做证。

另一方面，案发当天在距离野末家附近一公里的家居用品中心，商场的监控拍到了宫田村购买雨衣、锯子和塑料袋的画面。在另一家商店里，有人看到他正在购买高枝剪。宫田村的轻型车停在公寓停车场，车内没有检测到血液反应，但主藤法医说里面有血腥味。法医的主观判断不能作为证据，但葛警官觉得如果是主藤法医闻到了，那说明现场确实有血腥味。虽然萱草回廊周围没有监控，但N系统[①]拍摄到宫田村的车曾经行驶在通往榛名山麓的国道上。时间在七月一日晚上十点二十一分，这个时间段路上几乎没有其他车辆。

随着调查的深入，证明宫田村是凶手的证据越来越多。

在特别专案组中，也有人对宫田村是犯罪嫌疑人的说法提出异议。宫田村和女儿曾经在野外得到了死者的救助，从逻辑上讲他不会杀害野末。葛警官对这个观点不予置评。这两个人之间有很深的渊源，也非常有可能产生他人无法察觉的杀人动机。宫田村原本就一直在借钱给野末，所以金钱很可能成为两个人发生冲突的原因。因此，在小田指

[①] N系统是日本1987年在东京试行的数字（number）读取系统，可以有效地读取车牌号，拍摄记录车辆及驾驶人员的外表特征。如今，N系统已普及日本多处公路。——译者注

挥官的同意下，葛警官以损坏尸体、遗弃尸体的嫌疑，向前桥简易法院[①]申请了对宫田村昭彦的逮捕令。

在两天后的上午八点零二分，葛警官接到了一通来电。这是被派往新潟县三条市，走访宫田村母亲的刑警打来的。这名刑警的语气有些兴奋："队长，我们抓到宫田村了，马上送去总部。"

顿时，会议室里一片喧闹。

与调查小队获得的照片相比，宫田村昭彦本人显得有些憔悴。他脸色苍白，双眼无神，一直低头沉默着。葛警官在审讯室见了宫田村一面，但没有和他说话。

会议室里的电视上播放着一则简短的新闻快讯：群马县的杀人分尸案有了最新进展，一名男性因涉嫌遗弃尸体被警方逮捕。

快讯中没有透露嫌疑人的姓名。这是警方高层的决定，葛警官并不知情。

宫田村老实地接受了审讯。负责此案的刑警和宫田村进入审讯室仅十几分钟后，一名年轻的刑警向在会议室等

[①] 主要处理罪行轻微的刑事案件及民事纠纷。日本法院按照案件的内容及上诉请求可分：简易法院、家庭法院、地方法院、高等法院、最高法院。简易法院属于日本法院中最初级的法院。——译者注

待的葛警官汇报:"宫田村承认杀人了。"

葛警官点点头,问道:"凶器是什么?他在哪里杀的人?怎么杀的?"

刑警有些含糊地回答:"这个……大概还没问出来。"

"请立即确认。"

刑警前往审讯室,没过多久就返回来,说:"他说在客厅里用菜刀捅了死者的胸口。"

"胸口?"

"嫌疑人是这么说的。他说用的是一把文化菜刀①,刀刃长约十六厘米。"

葛警官让刑警先出去,若有所思地看着桌上的资料。

萱草回廊的搜山任务耗时五天。野末晴义的尸块散落在整个湿地,虽然已经找到了很多部位,但仍有缺失,而且也没有发现菜刀。

葛警官再次确认了桐乃教授送来的司法解剖结果。根据结果,从躯干、四肢和颈部的断面上可以看到金属的擦痕,骨盆上有野生动物的咬痕。

---

① 日式菜刀。原先日本的饮食以蔬菜、鱼肉为主,传统菜刀主要用于处理蔬菜鱼肉。后来西方吃肉的饮食文化和西式菜刀传入日本,受此影响,日本人在传统菜刀基础上加以改良,使其具备切肉功能。该类刀具便被称作"文化菜刀"。——译者注

葛警官用手机给桐乃教授打了电话。桐乃教授平时要教法医学，电话很少打得通。但这天，他的电话很快就接通了。

"是我。现在方便吗？"

电话那头，桐乃教授似乎心情不错："可以。我听说你们抓到犯罪嫌疑人了。"

"嗯。我想再问一些关于尸体的事情。"

一瞬间，桐乃教授的态度变得有些不悦："我观察到的东西都告诉你了，我还能隐瞒不说吗？"

"我当然知道，我只是想再确认一下。"

一声叹息从听筒中传来："真是个谨慎的人。想问什么？"

"尸体的肋骨上有没有伤痕？"

"肋骨？是第几根？"

"无论是哪根。我就是想确认肋骨上有没有伤痕，哪怕只是一点点。"

桐乃教授的回答迅速而明确："报告里写的就是全部了。我没写肋骨上有伤痕，就是因为肋骨上根本就没有伤痕。腹部和臀部有严重的啃食痕迹，我也写了骨盆上有动物牙齿造成的痕迹。但是没有的东西就是没有，肋骨上没有伤痕。"

"我知道了，谢谢！"葛警官挂断了电话。

如果用刀具刺入胸口，刀具往往会伤及肋骨。法医学是桐乃教授的专业，他不可能忽略这些伤痕。但如果刀刃呈水平状态刺入肋骨的间隙，骨头上也不会留下痕迹。宫田村真的是这样杀死野末晴义的吗？

葛警官陷入了沉思。

说起来，这个事件从一开始就有些奇怪。从头盖骨被发现，利用牙齿的治疗痕迹确定野末晴义的身份开始，葛警官就对这起案件产生了一些疑问。除了警方之外，实际上很多人都知道牙齿是确认身份的途径之一。与肢解尸体相比，拔牙、碎牙更能让人认不出身份，而且操作简单。可野末的头盖骨上居然还残留着牙齿。

仅从这一点来看，葛警官认为凶手可能不知道牙齿上的治疗痕迹与身份确认有关。但第二点就更奇怪了。

即使不考虑为何要肢解尸体并分散丢弃的问题，那又为什么要将其丢在榛名山麓的萱草回廊呢？萱草回廊设有一条木栈道，任何人都可以来散步，一到夏天还有不少家庭前来游玩。为什么凶手偏偏会选择萱草回廊作为丢弃尸体的地方呢？

葛警官猜测，凶手可能对这座山的情况不熟悉，或许凶手没有经过缜密的思考，以为把尸体扔到山上就不会被发现，于是就把尸体丢在了方便行走的萱草回廊附近。尽管宫田村之前有过遇险的经历，但他挑战的是日本首屈一指的困难路线——谷川岳，他还是井泽体育用品店的常客，热爱登山。所以对他来说，找到一个不起眼的地方应该不难。

葛警官总觉得有些地方不对劲。对于这些异常的感觉，葛警官并不打算去询问宫田村，因为他无论问什么，宫田村肯定会说出一个看似合理的理由，这样反而会离真相越来越远。

距离逮捕宫田村已经过去了八个小时，葛警官正在听审讯人员的报告。

"根据宫田村的陈述，谋杀案发生在七月一日下午两点左右。当时，他去野末家讨债。谁知野末不仅拒绝偿还，还让他继续借钱。于是他勃然大怒，从厨房拿了一把菜刀，刺入了死者的胸口。因为他以前经常去野末家，所以知道厨房和菜刀的位置。他之所以肢解尸体，是因为一个人搬运尸体很困难。他说自己以前从山上跌落过，身体一直不好，无法搬运重物。我们目前正在向医院核实此事。杀掉被害人后，他把尸体拖到浴室，在附近的家居用品中心购买了一些需要用到的物品，然后开始分尸。他一边用水冲洗血迹，一边将野末分尸，之后将尸块用野末家的报纸包起来，装进塑料袋，分三次装上车。晚上十点左右，他完成了装车。"

"他想把尸体扔进山里,在车内休息了一会儿就开车去了榛名山。因为当时已经天黑,所以等到了天亮。到了第二天,七月二日凌晨四点左右,他开始搬运尸块,大约花了两个小时才把所有的尸块处理完。上午九点左右,他给单位打电话,说自己不舒服,要休息。关于这一点,我们已经向纯白清洁公司确认过了,确实如他供述,宫田村在七月二日有请假记录。"

葛警官问道:"用来当凶器的菜刀、切割用的锯子和塑料袋,他是怎么处理的?"

刑警立刻回答:"他说是带回去当垃圾扔了。把菜刀和锯子上的血迹擦干净了,分类放进不可燃垃圾,塑料袋和雨衣则作为可燃垃圾扔掉了。"

"宫田村还在家居用品中心买了一把高枝剪,他用来干什么了?"

"他说担心锯子锯不断肌腱,所以买了高枝剪以防万一。选择高枝剪是想利用杠杆原理,把锯子锯不断的东西剪开。但实际上他没有用高枝剪,因为锯子完全够用。"

葛警官将双臂交叉在胸前。与事件本身的前后矛盾不同,宫田村的供述中没有任何可疑之处,对于为什么分尸的问题,他解释是因为遇险后留下的后遗症导致无法搬运重物,这个说法也完全合理。

葛警官让负责审讯的刑警先行离开，并开始命令下属对口供的内容进行调查。任务分配完后，一名负责接待的警员怯生生地走进会议室，他环顾四周，不知道该向谁报告。随后，他径直走向葛警官。

"很抱歉，打扰一下。有人说想见调查案件的负责人。"

葛警官看了警员一眼。每天都有各种各样的人来到公安局，要求见负责人。如果警员来者不拒、事事上报，那就是失职。眼前的警员似乎被特别专案组的气氛吓到了，但看起来他在这里工作了很长时间，应该不会冒失行事。葛警官便问道："对方自报姓名了吗？"

"是的。是宫田村香苗女士。"

葛警官有些意外，他没想到在东京上大学的香苗会直接来到这里。因为警方几乎不会因逮捕了嫌疑人而联系与嫌疑人分居的家人，且宫田村的名字也没有出现在案件的相关报道中。

"让她进来吧。我找一个可以说话的地方，请她稍等一下。"

接待处的警员回去后，葛警官马上确认是否有空房间。所幸有一个房间是空着的，葛警官将挂在房间外的牌子换成了"正在使用"，并让身边的刑警陪同到场。

宫田村香苗长得并不太像宫田村昭彦。她穿着求职用的黑色西装，脸上带着隐隐的愤怒。葛警官发现香苗的太阳穴上有一道伤疤，被她用头发巧妙地遮住了。他猜，这应该是六年前遇险时受的伤。

葛警官首先向宫田村香苗道歉："很抱歉，只有这间简陋的房间。我们正在进行调查，所以没有多余的空房间。"

香苗点点头，脸上露出微笑。

"原来审讯室禁止吸烟啊，我看电视剧里一直有人抽烟。"

"以前是可以的，现在禁烟了。你好，我姓葛。"

"我是宫田村香苗。"

"请坐。"

两人落座后，香苗省去开场白，直接说："电视上说野末先生的一位朋友被捕了，我又恰巧联系不上我的父亲。被捕的该不会就是我的父亲……宫田村昭彦吧？"

葛警官从不做毫无意义的保密。他点头回答："是的。"

"让我见见我父亲。"

"现在还不行，他正在接受审讯。"

或许是早就预料到了这个回答，香苗并没有再坚持下去。她一改之前的态度，开始解释起来："你们不了解我父亲的情况，我父亲的双手抬不起来，手不能举过肩膀，他怎么可能杀人并分尸？"

葛警官的眉毛动了动。宫田村自称受伤后身体一直不好，但并没有提到是肩膀有问题。

"你刚才所说的，有证据证明吗？"

"让我证明……只要是认识我父亲的人，应该都知道这件事。"

香苗似乎觉得自己的话没有说服力，她皱着眉头，抿着嘴。忽然，她似乎想到了什么。

"对了，我父亲有领取厚生年金①的伤残补助，还有医院的病历本，这些都可以作为证据。"

"那么，你现在手头有那些文件吗？"

面对葛警官的问话，香苗感到有些恼怒："没有。"

想也知道，如果她真的随身带着那些文件的话，反而比较可疑。葛警官转头看向在场的刑警，向他挥了挥手。刑警心领神会，离开了审讯室。

葛警官再次面对香苗，说："我知道了，谢谢你的配合。如果你还有什么想说的，请告诉我。"

香苗瞬间打开了话匣子。

"当然有。你们不知道我父亲和野末先生是什么关系，

---

① 日本的一种保险制度，以公司的员工为对象，在参保人年老、残疾及死亡时会发放补助金。——译者注

如果你们知道，就不会逮捕我父亲了。"

"是吗？那他们是什么关系？"

"我父亲早就决定用一生来报答野末先生的恩情。"

说到这里，香苗观察着葛警官的表情，似乎在猜测警察知道多少。而葛警官沉默不语，他很清楚，警察在问话时不需要透露自己所知道的信息。只要让对方开口，就能获得新的线索。

因此，香苗以为警察什么都不知道，她的脸上流露出失望和优越感交织的神情，还夹杂着些许困惑。

"六年前，我还在上初中。当时我是登山部的成员，我的父亲带我去谷川岳练习爬山。我不会攀岩，所以父亲给我选择了一条新手也能安全攀登的路线。但当时的我……"香苗停顿了一下，努力控制情绪，继续说道，"我以为我已经很熟练了，所以放松了警惕。在距离目的地大约三分之二的地方滑落，还把我的父亲也拉了下来。"

香苗下意识地摸了摸太阳穴处的伤口。

"幸运的是，我们只向下滑落了几米，最后在岩架上停了下来。但是我的脚被岩石割伤，血流不止。父亲也伤到了脊椎，呼吸变得很困难。我们没办法求救，因为装着手机的背包掉下去了。虽然上面就是一条山路，但我们没有办法爬到那里，而且还下起了雨。父亲一直在安慰我，但每次他告诉我说没关系,我都觉得我们会死在那里。"

葛警官在脑海中将香苗的话与谷川岳警备队的答复进行了比较,到目前为止没有出现矛盾之处。

"我的父亲疼得无法大声呼救,我只能拼命喊人,可是脚上的伤口在不断地出血。渐渐地,我的意识开始变得模糊。我以为我们真的要死在那里了,没想到雨中传来了一声'你在哪里'。我用尽全力喊着'在这儿',就看见野末先生出现在眼前。"

之后,宫田村香苗因为大量出血而生命危在旦夕,被野末背下了山。但香苗并没有提到这些。

葛警官想象着当时的情景。宫田村昭彦应该动不了,所以野末几乎是靠自己的力量将滑落的香苗拉到了山路上。可能当时有借助登山绳,但不得不说野末爆发了超乎常人的,甚至可以说是奇迹般的力量。

"我的父亲……"香苗继续说,"父亲曾经说过,我们之所以能活下来,全是因为野末先生。他不仅帮助了我们,还救了我们的命。据说野末先生当时用力过猛,导致膝盖受伤,在这之后膝盖的伤痛甚至影响了他的工作。父亲说,救命之恩是无法偿还的。一命之恩尚且难报,何况是两命之恩。总之,他要用一辈子来报答野末先生,并希望我也怀有这样的觉悟。父亲总是说,没法报答野末先生的恩情。你觉得,一个心怀感恩的人真的可能杀了野末先生吗?凶手肯定另有其人。"

葛警官十指相扣。

"我明白了。当然,我们会尽力调查的。对了,有一个例行询问的问题需要问一下。"

香苗的表情瞬间变得紧张:"什么问题?"

"请告诉我,这个月的一号你去了哪里?做了什么?"

"你突然问我,我也想不起来。为什么要问我去了哪里?"

"我刚才说过了,这是例行询问。"

香苗低下了头:"我可以看看手机吗?"

"当然,请。"

香苗屏住呼吸,打开手机查找了一会儿,然后轻轻叹了口气:"我那天有五节课。"

"请详细告诉我这些课程的内容。"

香苗似乎松了口气,甚至笑了一下:"好的。第一节课是上午九点开始的宏观经济学,第二节课是公共政策,然后是下午第三节的数理经济学,第四节课是体育课,打网球。最后第五节课是经济史,下午六点二十下课。"

如果搭乘北陆新干线,从香苗就读的大学到高崎市最快大约需要一个半小时,而从高崎站开车到宫田村的家大约需要二十分钟。

葛警官进一步问:"之后你做了什么?"

"呃,这也需要说吗?"

"是的。"

香苗再次打开手机:"嗯,我从晚上七点开始就在新宿的一家叫豚帝的酒馆里做兼职,一直干到零点。店里有出勤表可以证明。"

"我知道了,你可以回家了。不过,需要你留一个随时可以联系的电话号码。"

香苗的眼里流露出困惑:"我是来告知你们,我父亲是被误捕的,怎么现在好像反倒我成了犯罪嫌疑人一样。"

葛警官对此不予反驳。在野末淡薄的人际关系中,宫田村父女是为数不多的例外,香苗确实是嫌疑人之一。

香苗留下了联系方式,她刚要站起来,葛警官突然问:"我还有一件事要问你。"

"什么事?"

"你认识野末先生的家人吗?你有没有从你父亲那里听到什么?"

香苗直视着葛警官的眼睛,回答道:"不,我从来没听说过。"

葛警官一眼就看穿了这是一个谎言。

第二天上午，宫田村香苗的供述得到了证实。

七月一日，香苗的第四节课被取消了，但她上了第三节和第五节课。至于晚上七点的兼职，也有出勤记录。从下午两点四十分到四点五十分，香苗有一百三十分钟的空闲时间，但无论她用什么方式，都不可能在这段时间内往返于大学和凶案现场。同时，香苗也没有驾照，零点打工结束后没办法快速前往高崎。葛警官觉得香苗应该与案件无关。

另外，宫田村昭彦领取伤残补助金的事情也是真的，他从三年前就开始领取补助金。纯白清洁公司的人事部门告诉警方，宫田村即使能够举起手臂，也无法举起重物或保持手臂举起的姿势。为了慎重起见，警方还向宫田村的主治医院高崎红十字医院发送了调查文件，要求医院配合调查。虽然目前尚未收到回复，但葛警官暂时认为香苗的陈述没有矛盾之处。

距离逮捕宫田村已经过去了二十四小时，葛警官必须作出判断了——是否要以故意杀人罪对宫田村发出逮捕令。也就是说，必须判断宫田村昭彦是否杀害了野末晴义。

群马县公安局高层正在催促葛警官尽快去拿逮捕令，而小田指挥官也早已表示全权交给葛警官决定。

这个案件还存在很多疑点，如果硬要解释，也可以说得通。

喜欢攀登谷川岳的登山爱好者把尸体扔在人来人往的萱草回廊，这本身就是一种很奇怪的行为，甚至仿佛是在说"快点发现尸体"。但宫田村的肩膀受过伤，因此可以解释为他只能将尸体搬到容易行走的萱草回廊。

用菜刀捅伤胸口的杀人方法，与肋骨上没有痕迹的解剖结果之间存在矛盾。刀刃长十六厘米的菜刀最宽处至少有四厘米。即使刀尖穿过肋骨的缝隙，损伤脏器和血管，也不可能在肋骨上没有留下任何痕迹。不过，也可以换个角度想，肋骨上没有痕迹……也许是菜刀碰巧没有碰到肋骨。这种情况非常偶然，但作为警察，葛警官曾遇到过更多不可能的偶然。

那么血痕呢？法医报告称，浴室里有大量的血液反应。但在客厅、厨房等其他房间，未发现大出血的痕迹。第一现场会不会是在别的地方？如果是这样，就不能断定宫田村是犯罪嫌疑人了。也有可能是宫田村捅伤野末后没有立刻拔出菜刀，伤口被菜刀堵住，因此没有流出血液。或者，第一现场可能就在浴室。再或者，宫田村自述的犯罪经过是假的，实际的死因可能是被打死或勒死。虽然葛警官不认为撒这样的谎有什么意义，但他确实遇到过许多嫌疑人在审讯时说些毫无意义的谎言。

宫田村供述称，他在下午两点杀害了野末晴义，并在晚上十点左右完成了分尸和装车。花费的时间是否太长？

或者说，是否太短？

葛警官很难作出一个确切的判断。国内曾经有过这样一个案例：犯罪嫌疑人仅用两个小时就将成年男性被害人肢解。虽然宫田村的肩膀受过伤，并且还需要时间购买工具，但八个小时应该足够他完成一切。反过来说，八个小时也不算太长。

在宫田村的供述中，没有明显的逻辑问题。他的口供非常完美，如果没有实施犯罪的话，不会如此真实。非要提出一个疑点的话，就是他为什么要买高枝剪。他说要利用杠杆原理剪断锯子割不开的部位，是否可以相信他的说法？高枝剪一般用来剪高处或者远处的东西。

不过仔细想想，高枝剪似乎也很适合剪断肌腱。假设宫田村真的杀害了野末，纵观整个案件，仍然存在令人觉得不合理的地方。葛警官总觉得目前为止所看到的、听到的事情中，存在一些致命的漏洞。

葛警官一边吃着面包、喝着牛奶咖啡，一边撰写文件、向上级报告调查情况、向下属下达指令。完成这些工作后，他在短暂的休息时间里继续思考。他的办公桌上，堆满了无数的案件报告、笔记和相关照片。

如果宫田村不是凶手，那谁是凶手？公安局一直在全力协助搜查，但目前只出现了一个嫌疑人——宫田村。所有相关人员之中，只有野末胜是晴义之死的受益者。晴义和阿胜之间父子不和的报道给高崎箕轮公安局带来了几十个捣乱的电话，还有附近的居民做证他们父子的关系不好。调查小队也进行了佐证调查，野末父子的确多次发生吵架，这几乎是邻里皆知的事实。

另外，野末裕子说"这样就不用担心阿胜了"。为什么她会感到放心？是因为宫田村"什么都肯做"吗？

还有，宫田村香苗提到她父亲曾说"打算用一辈子来报答野末先生"，并告诫她："希望你也有这样的觉悟。"她还谎称不认识野末的家人，而葛警官确信她在撒谎。

野末和宫田村，这两个家庭究竟是什么关系？是什么导致了野末晴义的死亡，甚至连尸体都被肢解？到底是谁实施的犯罪？

"看证据。"葛警官轻声说道。

一个案件存在疑点，并不是因为涉案人员的潜在动机显得多么奇怪。亲情可以变成憎恨，友情可以化为杀意，同情能够演变成执着，人心总是易变。因此，案件的调查必须依托物证。

葛警官重新审视搜集到的证据：N系统的记录、110报案记录、桐乃教授的尸检报告、野末涂装的资产负债表、深泽养老院的条款等，他又仔细地翻看了好几遍。

这起案件的起点是在萱草回廊上发现的四散丢弃的尸

体。葛警官紧盯着尸体的照片,不放过任何细节。

随后,他在手边的一张白纸上写下"右上臂"三个字。接着,他将警方发现的部位逐一列出:

右大腿

右小腿和脚

左大腿

左小腿和脚

右前臂和手掌

躯干

头部

左前臂和手掌

葛警官在纸上画了一个大致的人体部位图,并将发现的部位涂黑。尽管警方已经全力搜寻,却仍未找到左上臂。

葛警官自言自语道:"只有左上臂没找到。"

左上臂有什么特别之处吗?有没有可能只有左上臂被扔到了别的地方?也许这只是个巧合吧。作为警察,他必须考虑是否在搜山时有所遗漏。但萱草回廊实在太大了,与其说遗漏了一个部位,不如说能找到其他部位已经很不容易了。

葛警官的笔突然停了下来,在白纸上,他画了一个只有左上臂没有被涂黑的人体。

葛警官忽然想到了什么,喃喃自语道:"不,不对。"

不是这样的,根据报告和证据,他画的图不应该是这样。

葛警官立刻查看了另一份资料,然后放下笔,猛地站了起来。

宫田村昭彦被带到了审讯室,陪同的刑警站在门边,葛警官则坐在审讯官的位置上。此前负责审讯的刑警突然被上司抢走了座位,只能皱着眉头离开了审讯室。

宫田村想拉开椅子,但审讯室的椅子是固定的,怎么也拉不动。他可能已经尝试过很多次了,但都没成功。宫田村微微一笑,随后,他似乎终于意识到自己对面坐着的不是之前的刑警,眼中露出了惊讶之色。

略去无关紧要的寒暄,宫田村一脸疲惫地说:"我把我自己干的事都交代了,你们还不给我判刑吗?"

葛警官无视了宫田村的话:"我问你三件事。"

"你问什么我都告诉你。"

"这是谁的提议?是你?还是野末?"

官田村的表情陡然变得紧张起来，他沉默了。

葛警官早就预料到官田村不会回答，他更进一步问："保险单呢？在谁那里？"

"……"

"这个问题也不回答吗？好吧，我猜到了。那么，第三个问题。"

葛警官盯着官田村的眼睛，这人的脸色苍白，眼神飘忽，试图躲避葛警官的视线。

葛警官的双手放在桌上，十指交叉。

"头颈在哪里？"

"头？你们不是找到了吗？还通过牙齿确定了野末先生的身份。"

"我们找到的是头部。我是在问你，死者的脖颈在哪里。你没有把它扔在萱草回廊吧？"

官田村啊了一声。这是犯罪嫌疑人在被识破真相时发出的绝望声音，葛警官对此再熟悉不过。

野末晴义的脖子与身体连接的地方被切割开。针对死者的头部，尸检报告清楚地写着："第一颈椎，即头部和颈部连接的部分被切断。"

也就是说，野末晴义的脖子在头部下方和躯干上方两处被切割开。之前葛警官所画的人体图上，除了左上臂之外,脖子也应该是空白的。

这太诡异了。如果犯罪嫌疑人想把头部和躯干分开,直接在脖子中间砍掉会更加简单方便,可犯罪嫌疑人特意用锯子切割了两次。"为了搬运方便"这个理由显然站不住脚。葛警官知道,这个没有被发现的颈部,才是这起案件中被隐藏的真相。

为什么野末的尸体必须被肢解呢?就是为了取下他的颈部。但如果只切掉颈部,隐藏颈部的意图就过于明显,因此干脆将其他部位也一并分割。

那么,隐藏颈部的意图是什么呢?

答案就在高枝剪上。胳膊抬不起来的宫田村为了剪高处的东西,特意买了高枝剪。另一个答案,在保险单上。

葛警官说:"我不能以谋杀罪逮捕你。"

宫田村咬着牙,挤出声音,像为了抓住救命稻草似的做出最后的挣扎。

"不,警官先生,是我干的。"

"你无法证明。"

"你就当……就当是我杀的人吧。不然的话,阿胜他……"

"你这是在做伪证。选择让警方帮你完成伪证的最后一步,是你算错了。"

审讯室里响起了一个男人痛苦的呜咽声。

陪同在场的刑警一时没明白具体情况。不过，他明白了一件事，那就是宫田村并没有杀人。

野末晴义六年前因为救助宫田村父女而导致膝盖受伤，病情逐年加重。由于病痛，他的工作质量下降，加上他本来就不是一个善于交际的人，因此变得越来越孤独。妻子离开后，原本应该独立的儿子突然回老家啃老，于是父子间开始不断争吵。虽然晴义让母亲住进了养老院，但他没有足够的钱支持她一直住下去。

最终，野末晴义选择了自杀。

他应该是上吊自杀的。宫田村昭彦到访他家不知道是不是偶然。如果野末晴义特意挑选了儿子阿胜去朋友家留宿的日子自杀，那么宫田村就可能是他请来处理后事的。而宫田村看到野末晴义的尸体后，下定了一个决心——必须让恩人的遗孤野末胜领取保险赔偿金。

身故险有免责期，在一定期限内如果被保险人自杀，保险公司是不予赔偿的。野末晴义在两年前购买了保险，很可能还没有过免责期。宫田村曾经在大泉保险公司工作过，所以他了解这类条款。晴义可能不知道免责期，或者他知道有免责期，但实在活不下去了，才选择了自尽。

只是这样一来，野末胜便无法获得赔偿金。失去了父亲，也等于失去了家和工作，阿胜今后只能一边照顾奶奶，一边生活。为了将阿胜从这种命运中解救出来，宫田村决定自己成为"杀人犯"。

这个问题在于，如果野末晴义的尸体没有被发现，就无法确认他的死亡，也就无法获得赔偿金。但是，如果尸体原封不动地被发现，警方很可能会发现野末晴义的死因是自杀。

这就是宫田村购买高枝剪的原因。他的手臂无法抬起，为了放下上吊的尸体，他只能用高枝剪剪断绳子。接着，他肢解了尸体，并将颈椎骨折致死的证据——颈部藏起来，把尸体其他部分都扔进了榛名山麓的萱草回廊。这样，不久之后尸体就会被人发现。

宫田村从野末家拿走了保险单，大概是因为他认为不能让警方知道野末晴义购买了巨额人寿保险。可惜这一行为极为冒失，反而引起了葛警官对人寿保险的注意。

葛警官没有向在场的刑警解释宫田村的这些行为，而是接着问了宫田村第四个问题。

"为什么要做到这一步？如果你的计划成功，阿胜的确会得到赔偿金，但你将被当作杀人犯。即使是初犯，也不大可能被判缓刑。为什么要为了野末而牺牲自己？"

无论宫田村有着多大的决心，他都不可能不怕被判谋杀罪。听了葛警官的话，宫田村叹了口气："服刑的话，是几年还是十几年？"

"这要看法官如何判决。"

"不管怎么样,总不可能关我一辈子。警官先生,我必须用一生来报答野末先生。我和我的女儿从他那里得到了莫大的恩惠。野末先生不仅救了我们的命,还告诉我们这个世界上存在不求回报的善意……那天,我在野末先生家里找到一封遗书。那是写给我的,他说阿胜就托付给我了。我忽然觉得,是时候报恩了。如果我只需要服刑十几年,就可以报答这份恩情……那其实很划算。"

"那你的女儿怎么办?如果是杀人犯的女儿,找工作也会受到影响。"

官田村的神情变得严肃起来,他说:"没办法。这就是我和这个孩子要付出的代价。"

之后,官田村昭彦因为涉嫌毁坏尸体、遗弃尸体被移送至检察机关。警方也在野末家的门楣上,发现了晴义自杀时留下的痕迹。群马县警方宣布野末晴义死于自杀。在网络上,"肢解自己身体的自杀事件"一时间成为热门话题,而后又被人们遗忘。

野末胜在采访中被问及官田村的那些行为时,说:"我没有要求他做这些。"

在后续搜查中,警方在官田村的家中发现了一份受益人为野末胜的人寿保险单。

野末涂装公司最终因负债破产，无法偿还债务的野末胜选择放弃继承公司，野末家的住宅也被遗产管理人卖掉了。由于无法继续支付深泽养老院的费用，阿胜和奶奶便在高崎市内的公寓里共同生活。此后，高崎箕轮公安局的地区科①还多次接到了关于野末裕子迷路的报案电话。

　　葛警官在听说生活保障部门的人开始关注野末胜的生活后，就没有再深入了解。因为他后续不存在犯罪的可能性，所以警方不再介入他的生活。

---

① 日本公安局的一个部门，负责日常巡逻及受理居民生活琐事。——译者注

可燃物

十二月八日星期一晚上十点五十九分,群马县太田市昭和町三丁目的一个垃圾堆放点发生了火灾。

报警人是住在附近的矶俣洋一(三十一岁),他自称在准备去便利店买烟时注意到了火灾。矶俣用手机拨打119报警后,在距离火灾现场最近的一户民宅院子里发现了水龙头和水桶,于是他直接冲进了院子,用水桶装水开始灭火。他的灭火措施非常有效,晚上十一点十分,第一消防小队到达现场时,明火已经没有了。但为了慎重起见,消防队还是在现场喷了水,到十一点十六分时将火源彻底扑灭。

住在附近民宅的谷村康太郎(七十岁)注意到了外面的骚动时,在十一点零八分拨打了110报警电话。十一点十七分,当地警察到达现场。谷村对两名警察抱怨说,矶俣未经许可闯入他家还擅自用了他的水桶和自来水,矶俣的这种行为是犯罪。警察安抚了勃然大怒的谷村,记录下矶俣的住址和姓名，并对他进行了训诫和处分。

第二天，也就是十二月九日星期二，晚上十一点十二分，昭和町三丁目隔壁的川原町二丁目的一个垃圾堆放点发生了火灾。第一个发现的人是住在附近的下西美礼（十九岁），她在自己的房间里发现了异常，打开窗帘后看见着火了。于是美礼马上告诉了父母，报警人便是美礼的父亲下西久太（四十八岁）。第二消防小队赶到现场并立即展开扑救。晚上十一点二十二分，明火被扑灭，火灾仅造成两袋可燃垃圾燃烧，其他地方没有受到波及。

两天后，即十二月十一日星期四，上午九点二十分左右，上毛清洁公司的员工坂田章清（四十一岁）在负责垃圾回收工作时，发现沟口町三丁目的垃圾堆放点有一袋可燃垃圾正在燃烧。坂田立即联系公司，认为这与最近接连发生的火灾有关。到上午九点二十九分，上毛清洁公司的专务董事三田高生（六十四岁）与警方进行了电话沟通。当地公安局刑事科经过现场勘查和询问附近居民后，推测可燃垃圾是在十二月十日星期三深夜被点燃的，此外他们还调查了是否有类似事件发生，发现在沟口町的另一个垃圾堆放点也有一些烧焦的垃圾。

太田南公安局认为从星期一深夜开始发生的奇怪火灾有人为纵火的可能性，决定对此展开调查，没想到从十一日深夜至十二日凌晨，调查方案尚未完全制订时，该市南部地区又连续发生了三起可疑火灾。三起火灾都发生在垃圾堆放点，其中一起在火势不大时被扑灭，另外两起火灾自然熄灭。目前没有纵火犯的线索，群马县公安局总部判断太田市的火灾案件是人为连环纵火案后，立即为这个案件成立了专案组。

纵火案在搜查一科的管辖范围内，十二月十二日星期五早上，群马县公安局总部搜查一科的葛警官带着自己的下属，一同前往太田市。

这是一个乌云密布的日子，厚厚的云层沉沉地压着这座城市。关东一带长期被低气压笼罩，天气预报称太田市周边地区将从下午开始降雨。

从群马县公安局总部所在的前桥市到太田市，即使走高速公路也需要四十五分钟左右。葛警官在太田南公安局报到后，命令下属对最早的报警人进行询问，自己则跟着当地的刑警开车前往现场。

当地刑警在车里问葛警官："我们是要去第一个火灾的现场吗？"

葛警官反问："你知道哪里是第一个现场？"

握着方向盘的刑警准确地领会了葛警官话里的意思。

"虽然不知道最早发生纵火案的现场，但最早报警的现场在昭和町三丁目。"

葛警官点点头，要求他前往那里。

狭窄的道路两旁，独门独户的建筑并排伫立，昭和町三丁目的火灾现场就在其中一角。简单来说，这里是一个中产阶级家庭聚集的住宅区。工作日期间，街道上十分安静。想必，案发当晚也一样安静。

一旁的电线杆上，一个告示牌用铁丝缠绕着，上面写着垃圾回收的日期。电线杆下面是垃圾堆放点，柏油路上留着烧焦的痕迹。如果是用灭火器灭火，现场会留下白色粉末。因此，葛警官判断案发当时只用了水来灭火。

一个男人向两名警察走近，这是一个身材高大，穿着运动衫、背着大包，看上去很精悍的年轻人。当地刑警有些意外，下意识地皱起了眉头："是消防总局的人。他怎么在这里？"

葛警官说："我叫他来的。"

高个子男人在两位刑警面前点了点头："久等了，我是消防总局的幡野，请问葛警官是……"

"是我。麻烦您跑一趟。"

三个人互相交换了名片，幡野的名片上印着"预防科火灾调查员"的职位。

发生火灾后，消防总局需要查明起因，一般都是由消防队的队员进行调查，这次可能因为是连环纵火案，所以交由专门的调查人员负责。

简单的寒暄之后，葛警官单刀直入地问："确定了是人为纵火吗？"

幡野坦诚地回答："应该不会有错。这是事发当晚的照片。"

照片的背景是夜晚，垃圾堆放点有两个装满垃圾的塑料袋，其中一个被火烧了一半。从照片上可以看出，周围的地面湿漉漉的，是因为第一个发现火情的人在现场进行了灭火。

葛警官的视线始终没有离开照片，他问："在消防队到达现场之前，报警人将火扑灭了，这种情况多吗？"

"我还是第一次听说路人把火扑灭了。"

"你的意思是这件事不寻常？"

幡野慎重地想了一下，开口道："报警人试图进行灭火这件事，本身并不罕见。只是在没有足够的灭火器具的情况下，能够顺利地扑灭明火是有些少见。不过我觉得能顺利地扑灭明火主要是因为当时火势较小，而且报警人的判断力很强。这样说听起来是有些不寻常，但作为消防员，这种不寻常对于我们来说是非常积极的'不寻常'。"

"当时火势很小是有什么原因吗？"

"嗯，您可以看到，这一周一直没有太阳，虽然没有下大雨，但空气湿度很高，风力也很微弱。在这个季节来说算是反常的，但对我们来说遇上这样的天气算是幸运了。还有一件事，请看垃圾袋里的东西。"

照片上的垃圾袋里露出了香蕉皮。

"这是厨余垃圾。"

"是的，这袋被点燃的垃圾里装的是厨余垃圾。厨余垃圾里含有大量的水分，很难燃烧。"

"但是，还是着火了。"

"不管里面装的是什么，垃圾袋本身就是石油产品，所以很容易燃烧。"

"你能告诉我判断是纵火而非失火的理由吗？"

幡野抿起嘴唇，点了点头。

"因为现场还残留着被扭曲成长条状的传单，应该是犯罪嫌疑人点燃传单的尖端后，把它放在垃圾袋上，这才引燃了垃圾袋。"

幡野一边说，一边递给葛警官两张照片。第一张照片中是一张燃烧了一半的长条状传单，第二张照片中是传单展开放着，能看见传单上印着的超市店名。

"这张传单是在哪里发现的？"

"消防总局还没有进行调查，这张照片可以给您。"

葛警官知道，幡野是想让警方进行调查。火灾调查的目的是查明起火原因，但追溯证据、确定嫌疑人并进行逮捕，就不属于消防总局的职责了。

葛警官把照片交给当地刑警，继续向幡野确认："那其他的可疑火灾现场也发现了同样的传单吗？"

"那倒没有，有的现场没有找到能引燃的纸张，有的现场用的不是传单，而是杂志内页。"

"如果找到了引燃的物品，可以交给我们吗？这将是很重要的证据。"

幡野第一次露出犹豫的神情："这不是我一个人能决定的，需要先走申请手续。"

消防总局发现的证据是供消防总局鉴定火灾的，葛警官也不指望凭借简单的两句话就能让对方交出证据，他姑且先按幡野说的做。

"我知道了，这件事我们之后再说。"

"那现在我先给您发送图像数据。"

"麻烦您了。"

说完，葛警官又看了看现场的照片。

"犯罪嫌疑人将点燃的传单放在垃圾袋上，这就是他的纵火手法吗？"

幡野点点头。

"目前我们知道的就是这些。在现场没有检测到其他油之类的能促进燃烧的物质。不仅在这个现场,所有纵火现场都没有这种助燃物的痕迹,也没有发现火柴。"

"你们能判断传单是怎么点燃的吗?"

"使用瓦斯和磷会留下痕迹,经过检测,我们没有发现这类物质,但也有可能在点火的部位被烧掉了。我可以说一下我的猜测吗?"

"愿闻其详。"

"我猜应该是用一个普通的打火机点燃的。如果是野营时使用的那种户外打火机,它的火焰会喷出一段距离,可以直接点燃垃圾袋。如果是火柴,只要把火柴扔进垃圾堆放点就可以了。既然犯罪嫌疑人需要用纸引燃,那么从逻辑上可以推测犯罪嫌疑人使用的是普通的打火机。"

葛警官明白合乎逻辑很重要,但并不是所有合乎逻辑的事情都是事实。另一方面,他也不会忽视专业人士提供的意见。

"我有几个疑问。"葛警官向幡野抛出问题,"听说烧的都是垃圾。"

"嗯,我们列了一个清单。"

幡野立即拿出了一张纸,上面记录的确实都是垃圾。和他们身处的火灾现场一样,犯罪嫌疑人其他的目标都是装在透明垃圾袋里的可燃垃圾。

七场火灾,目标都是可燃垃圾。葛警官看到了犯罪嫌疑人的固执。

"你觉得犯罪嫌疑人会是个什么样的人呢?"

"这个问题和我的职责有些不相关。"

"没关系,谈谈你的看法就可以了。"

听了葛警官的话,幡野回答:"昭和町三丁目在周二和周四回收可燃垃圾①,川原町在周三和周五回收可燃垃圾。也就是说,被焚烧的是回收日前一天晚上拿出来的垃圾,其他火灾现场的情况也是如此。众所周知,垃圾要在回收日的早上扔到指定地点,前一天晚上扔垃圾是违规的。另外在川原町的纵火案中,焚烧的垃圾袋里装有牛奶盒和食品托盘。这种东西要在市内的超市等地进行回收再利用,作为可燃垃圾扔掉也是违规的。我的想法比较简单,犯罪嫌疑人可能是对违规倒垃圾感到不满的居民。"

葛警官默默地点了点头。

幡野看着烧焦的现场,低声说道:"不管怎样,火就是火。目前为止都是小火,或许下次就不一定了。我们消防

---

① 日本实行垃圾分类制度,虽然各个县的分类有些不同,但大致上分为可燃垃圾、不可燃垃圾、资源回收、大件垃圾等几大类。文中提到的可燃垃圾每周会有固定的回收时间,需要按当地的规定时间扔垃圾。——译者注

总局上下都很紧张。"

这时，天空开始下起了淅淅沥沥的小雨。幡野抬头看着昏暗的天空，表情稍微放松了一些。

"这种时候下雨，真是帮了大忙啊。"

根据太田南公安局整理的资料可知，这次火灾的发生时间在晚上十点半至十二点之间。与类似的纵火案相比，这次案件发生的时间有些早，除了纵火现场都在居民区附近之外，本次案件和以往的案件没有任何共同点。从当地刑警们走访周边的结果来看，到目前为止，除了已确认的七起火灾以外，没有发现其他可疑的火灾。

调查工作的基础是走访和盯梢，根据现场情况的不同，有时还需要检查监控内容。葛警官回到太田南公安局后，在小田指挥官的同意下，将调查小队分成三支队伍，一支队伍在现场周边进行走访询问，一支队伍收集监控录像并进行排查，最后一支队伍去找适合的地点盯梢。

一个被派去盯梢的刑警在会议室的窗前望着阴沉的天空，说："下雨的时候，罪犯一般是不会行动的，盯梢可能没什么用。"

葛警官听了，没说话。话虽如此，也必须有人去盯着。

另一边，外出调查第一个报案人的刑警无功而返。

"矶俣出差了，昨天就去了三重县，得明天才回来。"

太田南公安局有矶俣的住址和工作单位——东和食品加工公司。

葛警官问道："他出差是去做什么？"

"听矶俣的上司说，是为了和生产商谈牡蛎的采购事宜。"

葛警官微微皱起眉头："这是他们之前就定下的出差任务吗？"

"对方是这么说的。每年的这个时候都需要出差，矶俣上个月就定好了出差计划。"

"你有矶俣出差地的联系方式吗？"

"有的。"

哪怕需要追到地球的另一边取证，刑警也不会犹豫。可惜的是，警方的预算和人手也是有限的。

葛警官点点头，说道："你去联系下那边，了解一下情况。如果没有问题的话，就先推迟和矶俣见面吧。"

刑警离开后，另一名刑警也前来报告："我查了那个用来引燃的传单。"

葛警官点点头，示意他继续，刑警直接说道："这张传单是市内一家名叫百家店的超市在十二月七日分发的，主要夹在《读卖新闻》《朝日新闻》《每日新闻》的报纸及

《上野新闻》的早报里，随刊附赠。此外，还分发给了各个商店。"

葛警官的邮箱收到了另外几起火灾中用于引燃的纸张图片。他把这些图片打印出来，交给刑警。

"这几个也去查一下。"

"好的。"

"线索的实物现在还拿不到，如果有必要的话，可以和消防队交涉一下，让他们给你看一看。只是看一眼，他们应该不会有什么意见。"

接到任务的刑警开始行动，专案组所在的办公室立刻安静了下来。葛警官一边用面包和牛奶咖啡代替迟到的午餐，一边再次确认有纵火前科的人员名单。

与伤人和盗窃相比，纵火并不是频繁发生的犯罪，所以人员名单不长。另一方面，纵火犯更倾向于重复同样的罪行。葛警官查看了过去十年发生的纵火作案手法，并将这些手法与这次的连环纵火案进行了对比。

这次的可疑火灾集中在居民区，犯罪嫌疑人很可能是熟悉当地的居民。葛警官从这一点出发，审视着这份名单，但上面没有一个是太田市的居民。不过警方并不总是实时掌握这些人的住址，也说不定名单上的人现在就住在太田市。

葛警官看到，这起案件还有一点与资料上的以往纵火案件不同。为什么只有可燃垃圾被焚烧？葛警官不太认同幡野的看法——犯罪嫌疑人因对违规扔垃圾感到不满而实施了罪行。在市内多处地点纵火的行为与对乱扔垃圾感到不满的动机是矛盾的。

那么这是为什么呢？为什么犯罪嫌疑人会多次纵火？现在手头的资料中是否能分析出犯罪嫌疑人的想法？

没有。葛警官很清楚，目前再怎么思考，也只是猜测。

他把资料放在了桌子上。

太阳落山了。葛警官在安排盯梢的同时，联系了消防总局，要求他们移交证据，并开始拟定调查材料移交书。文件格式由消防总局制定，因为没有官方统一的规定，有时需要公安局局长的印章，有时只需文件制作者签名盖章。太田南公安局没有文件模板，葛警官便给幡野打了个电话，让他用传真把文件模板发到太田南公安局。这种文件没有规定提交人，小田指挥官说最好以公安局局长的名义提交文件。葛警官的职位是一级警司，如果他直接向太田南公安局局长申请盖章，等于是越级申请，所以最终文件由小田指挥官转交给了太田南公安局局长。不巧局长有另一件紧急的事情，于是这份调查转移书花了四个小时才完成。

天气预报说今天会有大雨，但实际上只下了小雨，而且很快就停了。傍晚开始刮起的赤城下行风[①]吹走了云层,空气开始变得干燥。

电视上的天气预报主播正在介绍天气:"低气压快速向东移去,关东北部地区在持续降水一周之后即将迎来晴天。"

原先认为犯罪嫌疑人不会在雨天行动的刑警,也因为风太大而皱起了眉头,他说:"这么大的风,如果着火的话会很不妙。"

会议室里贴着太田市的地图,盯梢小队对应的位置都有一个红色的记号。从市内的面积来看,红色记号的数量实在是太少了,人手远远不够。盯梢重点部署在十三号星期六回收可燃垃圾的区域。葛警官没有采纳幡野的看法,但他很重视一个事实——被焚烧的都是回收日前一晚扔的可燃垃圾。

盯梢小队被召集到会议室,出发前,继太田南公安局局长的指示之后,葛警官也下达了具体的要求。

"不要打草惊蛇。"葛警官命令道,"我们的目标是逮捕犯罪嫌疑人。贸然上前对峙,对方也会起戒心,万一犯罪嫌疑人不再实施犯罪行为,这个案子就抓不到犯罪嫌疑人

[①] 原文为赤城おろし,指冬季时从群马县中部赤城山向东南部方向吹的强风,特征为干燥且寒冷。——译者注

了。你们发现可疑人员时,首先一定要记住他的长相并查出他的地址和姓名,一旦发现对方有纵火行为,就立即逮捕,绝对不能再出现火灾。"

盯梢的刑警们听了,脸上浮现出了不安和不满的表情。

就算有可疑人员在垃圾堆放点旁边用了打火机,也不构成犯罪,哪怕是把扭成长条状的传单点燃,也不能说就是纵火行为。如果犯罪嫌疑人点燃了垃圾,无疑可以当场逮捕,但这无异于放任火灾发生。要将"阻止火灾"和"逮捕犯罪嫌疑人"两者兼顾,不过是纸上谈兵,葛警官却强硬地下达了这条命令。警方在工作时,这种"表面功夫"并不少见。刑警们只得应和着,随后各自去了市内的任务地点开始盯梢。

越到深夜,风越大。深夜零点二十分,太田南公安局外传来消防车的警笛声,会议室里待命的刑警们立刻变得紧张起来。桌子上并排摆放着无线电对讲机和葛警官的手机,这两样通信设备没有任何反应。

葛警官用手机联系了消防总局,和葛警官一样,幡野也留在了总部待命。

"您好,我是公安局的,我姓葛。消防车刚刚是不是出动了?"

幡野紧张地回应道:"车站前的拉面店起火了。有人报警说他从置物架上拿一次性筷子时,筷子不小心掉了下来,引起了火灾。目前还没有收到其他可疑火灾的消息。今夜的风很大,我担心……"

"我明白。"

"您辛苦了。"

挂断电话,葛警官看向会议室里的刑警们。

"起火的地点是车站前的拉面店,应该是普通的火灾,继续保持警惕。"

这条消息通过无线电对讲机传达给了所有刑警。

时间已是凌晨两点多,熬夜盯梢并不少见,这次的连环纵火案也没有在零点以后报警的情况,葛警官也没有让盯梢小队撤退,不过他自己却先一步离开会议室去睡了。有些指挥官在下属通宵值守时,自己也坚持不睡觉,而葛警官是担心熬夜会影响自己的判断力,反而延长案件侦破的时间。

到了早上六点,葛警官出现在会议室,他先是询问了前一天晚上的情况。一名站在会议室里的刑警昨晚熬了一夜,他用充血的双眼看着葛警官:"没有新的报案。除了车站前发生的一起火灾外,没有其他火灾。"

早上七点,其他刑警从市内各处返回。群马县公安局搜查一科的刑警们在智力和体力上都是县内最优秀的，即使通宵工作也不会过于疲惫，更不会因此而萎靡不振。

根据刑警们的报告，昨晚没有发生任何可疑火灾，也几乎没有一个盯梢的刑警看到可疑人员。葛警官让没发现线索的刑警先去休息，而有新线索的刑警则被留下。会议室里，总共留下三组六名刑警。

搜查一科的宫下警官和当地刑警一组负责监视市内东部平和町的垃圾堆放点，平和町是由许多旧公寓组成的住宅区。在葛警官的催促下，宫下警官开始报告："监视地点附近有一个叫平和第二公园的地方，那里经常有些未成年人聚集，生活安全科和地区科都特别注意这个地方。晚上十一点多，公园里有四个年轻人聚集在一起喝酒、唱歌，其中一个人扔了一个带着火的打火机。"

"扔了？"葛警官皱起眉头，"把它扔到哪里去了？"

"一个沙坑里，其中一个人还笑着说'太危险了'。"

宫下警官向自己的搭档传递了一个眼神，那位当地的刑警便接过话题继续报告："我们已经知晓了扔打火机的年轻人的身份，他叫小河峰雄，今年十九岁，职业不明。之前他就被警察教育过，但没有前科，我在地区科工作的时候见过他几次，这里还有他的照片。"

小河的行为虽然危险，但跟连环纵火案的手法不同。宫下他们也很清楚这一点，报告了实情，却隐约能听出他们的想法——这件事与连环纵火案没有关系。

葛警官问道:"打火机离开了小河的手,还点着火?"

官下和当地刑警顿时紧张起来:"是的,没错。"

"那就是油棉打火机了。小河看上去是会用那种打火机的人吗?"

现在广泛使用的是内燃式气体打火机,通过按下点火按钮供气引火,当手指离开按钮,火就会熄灭。但打火机被扔出去后还带着火的话,小河手里的应该就是油棉打火机。和内燃式气体打火机相比,油棉打火机的价格要高许多,燃油也需要额外购买补充。从实用性的角度来看,这种打火机更像一个打火机爱好者的玩具。

当地刑警的脸色流露出一丝动摇:"小河并不富裕,对衣服和随身物品也不讲究,的确不像那种喜欢玩油棉打火机的人。"

"好,你把他的照片拿过来。下一组。"

第二组是搜查一科的佐藤警官和一名当地刑警,他们在市内南部的昭和町监视,那里离最初接到报警的火灾现场很近。

佐藤说:"晚上十点四十三分,一名男子由西向东走去,年龄在六十五岁至七十五岁左右,他低着头把脖子缩进大衣领口,走到垃圾堆放点前停了下来,看了一会儿倒在那里的可燃垃圾。可燃垃圾是晚上十点零二分时一名女子放在那里的,她应该是附近的居民。"

"然后呢?"

"只有这些。那个男人又低下头,离开了。"

佐藤警官翻着笔记:"我们跟踪他,找到了他的住址,门牌上写着大野原。"

葛警官问道:"你跟踪他是有原因的吧?"

佐藤警官言辞犹豫:"啊……他让我有种感觉……"

他说的感觉就是所谓的直觉。

葛警官明白,直觉就是观察力发出的提示。虽然不能盲目相信直觉进行调查,但认为是直觉而打消怀疑也是不可取的。佐藤警官是葛警官手下很优秀的刑警,如果他有这种直觉,无论是否能确定对方是犯罪嫌疑人,也一定有什么特别之处。

佐藤警官继续说道:"昨晚很冷,一个上了年纪的男性不会在这样一个夜晚外出闲逛。"

因此,葛警官记下了大野原这个名字。

第三组是村田警官和一名当地刑警,他们在市内小区密集的一角盯梢。

村田警官报告道:"晚上十一点三十二分左右,一名看起来三十多岁的男子从北边步行过来。该男子看到小区居民使用的垃圾回收箱后，踢了几脚。环顾四周后，他点燃了一支香烟，把烟头插进了垃圾箱。垃圾箱里有两袋可燃垃圾，而这个小区的可燃物回收日是周三和周六。"

葛警官抬起头问道："为什么没有当场抓捕？"

村田警官被这么一问，依然面带镇定的表情，继续报告："当时我们无法确认香烟和垃圾是否有接触，而且垃圾也没有着火。"

葛警官点了点头，示意他继续报告。

"那个男人等了几秒钟，然后拔出烟头抽了一口，走进了小区。"

"他的房间号是多少？"

"他上楼前查看了201号房间的信箱，201号房间的门牌上写着'宇佐'这个名字，还没确认该男子是否就是宇佐。"

尝试用香烟点火的行为与这次的纵火案手法不符，但这名男子的行为确实像纵火，目标也是回收日前一天晚上被扔出的可燃垃圾。

"好，辛苦了。"

葛警官让这些刑警都回去好好休息。

上午八点十五分，除盯梢小队外的调查人员都会出席这次纵火案件的信息共享和调查策略指示会议。

除了盯梢的刑警们的报告外，消防部门的人也证实了昨晚没有发生可疑火灾。据消防部门通报，车站前那家拉面店的火灾是由于意外事故引起的，起火后很快被消防队扑灭了。目前监控排查正在进行中，但住宅区设置的摄像头几乎都是用于拍摄私闯民宅的可疑人员，无法确认走在街道上的路人的面部特征，走访调查也没有获得有用的线索。

盯梢发现的三个可疑人物的资料已经下发，葛警官向下属传达今天的调查策略："走访小队和监控小队继续进行各自的任务，接下来叫到名字的人去调查小河峰雄、大野原和宇佐。关于大野原和宇佐这两个人，要先确认姓名，还要拍照。此外对第一报警人矶俣的调查也要继续跟进。"

刑警们开始行动，一名太田南公安局的刑警却留了下来，看样子像是临近退休的老警察。

"队长，你现在有时间吗？"

"当然，你有什么事？"

老刑警的神情有点犹豫，但说话很干脆："我听过大野原这个名字，当然也有可能是另一个同姓的人，不过我觉得我应该告诉你一些事情。"

"你说说看。"

"好的。"

老刑警大概早就想好了措辞,没有停顿地说了起来:"七年前,一家叫雅斯家具的公司的仓库发生过火灾。虽然没有人员伤亡,但整个建筑全部烧毁了。当时我们调查后怀疑是工作失误而失火,调查时我们还曾经向仓库负责人取证,负责人的名字叫大野原孝行。"

葛警官也记得雅斯家具的仓库火灾一案,当时还被电视和报纸大幅报道。但那毕竟是七年前的事,葛警官已经不记得具体情况了。

"那个大野原的年龄和住址分别是……"

"当时他应该是六十五岁左右,我之后再找记录核对一下。"

"那起火灾最后的结果呢?"

"调查的结论是不存在人为纵火,至于火灾的详细经过,我现在也有些记不清了。"

葛警官点点头:"我知道了,那就麻烦你准备一下这个案子的资料。"

不一会儿,老刑警送来了七年前那场火灾的资料。资料显示仓库的负责人是大野原孝行,当时六十四岁,住址是太田市城北町。葛警官看了看太田市的地图,发现他的下属佐藤警官昨晚看到的"大野原"是在昭和町,和城北町相距有点远，不过昨晚盯梢小队还没有拍到大野原的面部照片，葛警官命令一旁的老刑警："你马上去昭和町，确认目击到的可疑男子的长相。晚点佐藤警官会在那边接应你。"

"明白。"

在等待老刑警反馈的时间里，葛警官开始浏览其他资料。犯罪嫌疑人在点火时多次使用传单，针对传单的调查已经集结成一份报告递交到了葛警官手中，在这七起可疑火灾中，有五个火灾现场找到了传单。

根据整理的资料显示，除了昨天发现的百家店超市传单外，还有一个使用的是比萨外卖店哆啦咪比萨的传单，还有两个使用的是《周刊深层》杂志十二月十五日刊号的内页。百家店超市和哆啦咪比萨都在《读卖新闻》《朝日新闻》《上野新闻》三家报社刊登了广告，不过哆啦咪比萨也会把传单投放到居民的信箱里。《周刊深层》的发行日期是十二月八日，也就是第一起火灾发生的那天。葛警官在手边的纸条上写下一句：书店、便利店的监控排查？

一个小时后，老刑警打来了电话："我看到他的脸了，就是他。"

昨晚，盯梢小队发现的可疑男子正是大野原孝行。葛警官立刻让老刑警加入大野原的调查小队。通话结束后，葛警官又联系了消防总局的幡野，这次，电话在铃声响起之时就立刻接通了。

"您好,我是幡野。"

幡野的声音中透着无法掩饰的疲惫。

"是我。很抱歉打扰您,我有件事情想请教一下。"

"您说。"

"我们在调查火灾时发现一个可疑人员。这个人是七年前一起火灾的相关人员,火灾发生地点是雅斯家具的仓库。由于这不是刑事案件,我们警方没有详细的资料,所以我想问一下消防部门是否有相关记录?"

对方的声音犹豫了一下:"有的,不过您想查阅,需要办理手续申请。我这边还要准备文件,如果您不介意,我可以先简单口述一下。"

"那就麻烦您了。"

"好的。事情不是很复杂,但还是当面谈比较好。您什么时候方便?"

"虽然是我提出的请求,但我现在没法离开专案组,可以请您到我这里来吗?"

"可以的,我还需要一些时间准备,我们三十分钟后见。"

三十分钟后,幡野提着一个大包到了太田南公安局。刚到会议室,他便在桌子上放了几张旧照片。照片上火灾现场的情况非常严重,让人几乎无法想象被烧毁前的样子。在所有物品都化为灰烬的地方,只有被烟熏黑的钢架屹立不倒。

幡野说道:"雅斯家具仓库的火灾非常严重,到现在消防总局还时常提及。您现在对这件事了解多少呢?"

"我只知道没有人员死亡,也不是刑事案件,其他的就只有在电视和报纸上看到的报道内容了。"

"我明白了。"幡野点点头,"那我先讲一下大致的情况。雅斯家具是一家总部位于宇都宫市的家具公司,他们主要经营折扣家具,在太田市中心设有家具展示厅,同时在仓库进行一些家具的零售业务。当时,他们的两层仓库都堆满了家具,仓库里配备了火灾报警器和喷淋系统,符合消防法的规定。仓库位于绿町,从地图上可以看出是在一个周围有广阔农田的郊区。幸运的是火灾发生在二月份,当时周围的水田已经收割完毕,火势这才没有蔓延。如果仓库旁边是民宅的话,火肯定会蔓延得很大。"

幡野从包里拿出其他照片,说:"这是当时消防检查时拍的仓库外观。"

仓库前面是停车场,停着几辆车,其中有一辆送货的卡车。两层楼的仓库上挂着雅斯家具的招牌,仓库四周摆满了家具,各处都堆着纸箱。

幡野说道:"这张照片上看不到,实际上仓库四周只有停车场是铺了水泥的,其他地方都长满了杂草。杂草在冬天枯萎后,非常容易着火。我们消防队的人都认为这场火灾是从周围的杂草开始燃烧的。枯草燃烧,又引燃了仓库周围堆放的纸箱,然后蔓延到仓库本身。喷淋系统在一开始灭火时有效,一旦火势增大,就不够用了。仓库里的家具用料基本上就是一些干燥的木头和塑料,着了火就很难扑灭。当消防队到达现场时,火势已经超过了屋顶的高度。"

幡野淡淡地说:"这场火灾确实没有造成人员死亡,可以说是一个奇迹。不过也是因为最先到达的消防队队长听说还有顾客没有逃出来,便立刻决定带着小队冲进去救人,这才使得这场大火没有造成人员死亡。当时火灾情况已经很严重了,基本没有消防员敢直接冲进火场。在处理后续问题时,队长还因为让队员面临二次伤害的风险而被问责。那时队长冲入火海后,奇迹般地找到了被困人员,他让队员背着被困人员走出仓库后,仓库二楼的地板就坍塌了。被困人员生命垂危,消防队员也有人重伤,所幸的是两个人后来都恢复了健康。包括他们在内,这场火灾共造成两人生命垂危,四人重伤,六人轻伤。这是一场载入太田市消防史的火灾。"

葛警官一手拿着笔,问道:"可以告诉我被困人员的名字吗?"

幡野歪着头想了想:"嗯,严格来说这属于个人隐私信息，现在是调查需要，应该没有问题。是一位二十多岁的女性，名叫藤谷。"

"仓库的负责人是谁？"

"负责人？嗯……是大野原先生，他对这场火灾一直感到很自责。那天他外出洽谈业务去了，从而逃过一劫，因此他的自责感更强了。"

"那大野原被追究法律责任了吗？"

幡野摇了摇头。

"火灾原因尚不清楚，但经过检查后，发现不是由于漏电等设施问题。我刚才提到的大面积堆放货物也没有违反消防法。有人目击到一名顾客在停车场吸烟，在草地燃烧最严重的地方也发现了一个炭化的香烟滤嘴，所以极有可能是香烟引燃的。我不是说有人故意把点燃的香烟扔到枯草里，不过经常会有这种情况——以为自己踩灭了香烟，但实际上烟头并没有真正熄灭。"

"没有找到那个吸烟的顾客吗？"

幡野的脸上流露出遗憾和放弃的神情，笑着说道："当时监控还没有普及，确定不了那个人的身份。而且，即使找到了吸烟的顾客，也没有证据将他的香烟与炭化滤嘴及实际发生的火灾联系起来，他的行为不能定义为纵火。"

葛警官好奇地问道："对了，您听说过'宇佐'这个名字吗?"

这个问题有些突然,幡野停顿了一下,才说:"宇佐?没有,我没听过。"

"我明白了。"

"我也想问一下,雅斯家具的火灾和这次连续发生的可疑火灾有什么关系吗?"

葛警官微微低下头:"很抱歉,我不能告诉您正在调查中的信息。"

幡野用极其平静的声音说:"嗯,说得也是。"

到了下午,负责调查第一个报案人矶俣的刑警回来了。

"他一直在躲着我。"刑警无奈地说。

葛警官问道:"他有必要躲着你?"

"之前矶俣从附近居民的院子里拿水桶,被地区科的训诫了一番。矶俣的行为的确是犯罪,但站在他本人的角度来看,很难接受这个结果。他似乎真的很担心自己会因为非法闯入民宅而被捕,所以一直在躲避警察。"

葛警官手里的报告也详细描述了这件事的经过,他等待着这位刑警继续说下去。

"我告诉他,非法入侵民宅的事件已经以训诫处理结束了,我们现在希望他能协助寻找纵火案的犯罪嫌疑人,这才从他口中得知那晚火灾的情况。矾俣说,大约在晚上十一点,他正准备去附近的便利店买烟,拐进丁字路口时却发现了火灾,于是马上拨打了119火警电话。报警后,他发现火势不大,就想着能不能自己灭火试试。他在附近一户人家的院子里找到水桶和自来水,开始灭火,火很快就被他扑灭了。就在他纠结着是否要直接离开时,被从那所民宅里出来的居民看到了,不让他走。他有些生气,说话的语气不好,结果对方直接报警了。之后,消防员到达了现场,几分钟后警察也来了。大致情况就是这样,更详细的内容请参照这份笔录。"

葛警官双手交叉,说:"消防总局接到报警的时间是晚上十点五十九分。"

"是的,矾俣说他是晚上十一点左右去的便利店。"

"他在拐进丁字路口时发现火灾。矾俣的住所与现场的位置是怎样的?"

"和他说的一样。"

葛警官的手指动了动。

"报警、灭火,他的一连串动作没有丝毫犹豫。"

刑警点点头:"这点我也很在意,我也问了他为什么没有犹豫。他告诉我,他的父亲是一名消防员,从小他的父亲就教他碰到火灾不要犹豫是否要报警,因为肉眼无法判断火是否完全熄灭,因此他直接报了警,但在等待消防队到来期间,他觉得自己应该也能处理这种小火。"

过了一会儿,刑警补充道:"我们也确认了矶俣的父亲是消防员。"

"父亲碰巧是消防员,警方展开调查后,他又碰巧出差……"

"您觉得不对劲吗?"

葛警官松开了相扣的双手,只说:"辛苦你了,还有别的吗?"

葛警官没有回答这名刑警的问题,这让刑警感到有些不满。

"有,拨打119电话之后,矶俣拍下了现场的照片。这是打印出来的照片。"

桌子上放着一张照片,能看出垃圾堆放点的垃圾袋正在燃烧。在垃圾堆放点放着三袋可燃垃圾,其中两袋是四十五升大小的大袋子,另外一袋装着垃圾并打了结。垃圾堆放点还有装着报纸的纸袋和用塑料绳绑住的纸箱。正在燃烧的是四十五升大小的袋子,火焰几乎包围了整个垃圾袋。

葛警官的眉毛动了动。

"火看起来不小,不像是可以用水桶扑灭的样子。"

"矶俣说,拍完这张照片之后火势就减弱了。"

"如果是照片上这种火势,确实要叫消防过去。"

葛警官一边说着,一边感到些许困惑。

到了傍晚,太田市附近的风又开始变强。气象局预警称,太田市所在的群马县南部地区将出现干燥天气。走访小队还没有得到满意的线索,监控小队也陷入了困境。太阳开始落山时,调查三个可疑人员的刑警们回到了公安局。

负责调查小河、大野原和宇佐的是昨晚盯梢的三个刑警小组。关于小河的信息,太田南公安局的刑警首先进行了报告。

"小河是市内酒馆鸡王太田店的正式员工。发生第一起可疑火灾的十二月八日,他从下午六点到凌晨两点都有排班,九号则从下午四点到凌晨两点,昨天是他的休息日。"

刑警翻着笔记。

"小河手里的油棉打火机是他父亲送的礼物。小河的玩伴岩出友幸说,在他确认入职鸡王时,小河的父亲就把它送给了他,希望他能一直带着。只是小河不吸烟,他还笑着说这个东西拿来干什么用。"

葛警官再次确认刚才的内容:"小河在八号和九号的排班情况,你们调查了吗?"

"是的，我们查过，确实是这样。"

"那就没必要再追查小河了，你们重新回到盯梢小队。"

"明白。"

接下来，关于大野原的背景，葛警官的下属佐藤警官进行了报告。

"大野原孝行，七十一岁，曾经是雅斯家具公司的员工，这家公司的总部在宇都宫市。六年前，他到了退休年龄，退休后，他搬到了昭和町，与妻子两人生活，白天在一家叫美而卡吉井的超市担任保安。"

"他现在还在工作吗？"

"是的，他的主要工作是引导车辆的进入和驶离，也很积极帮助改善工作环境。"

葛警官突然想起自己在刑事科还是新人刑警的时候，他的前辈总是教育他，必须彻底调查异常情况。如果一个七十一岁的男人曾经在一家普通公司工作，退休后还去当保安，那么新人葛警官就一定会被命令去调查这个男人是否有特殊情况需要钱，现在的葛警官却觉得没有必要调查大野原当保安的原因。

佐藤警官继续说道："我们之前汇报过大野原在十二号晚上外出，但并不知道他在外出之前的情况。另外，大野原的车是白色的奥拓。"

奥拓是一款大众化的轻型车，无论在哪里行驶，都不容易引起别人的注意。

"还有其他线索吗？"

"目前就这些了。"

葛警官点点头："继续跟进。下一个。"

村田警官起身报告："我们跟踪的'宇佐'其实并不是宇佐本人，他的真名是高柳充。"

"高柳充？"

葛警官忍不住反问，村田警官挠了挠头。

"是的，他有伤人和勒索的前科，今年四十三岁，他曾经对自己的女伴家暴，还把她的零钱全都拿走。队长，对不起，我昨晚明明看见他的脸了，但没有马上想起来，白天看了才认出来。"

"不仅如此，高柳还有纵火未遂的前科。"

"是的。资料上说高柳在六年前曾试图纵火烧掉和他有矛盾的人的房子，由于受害者很早就向警察反映过，警察事先做好了防备，最终以纵火未遂罪逮捕了他。"

葛警官双臂交叉，身体靠在椅背上："高柳……犯罪的习惯不同。"

村田警官重重地点头："我也这么认为。高柳的行为更像是个小混混，应该不会在城市里到处点火。"

"继续报告。"

"好的。"

村田警官翻着笔记本:"之前提到的小区 201 号的住户叫宇佐绿,三十二岁。虽然已婚,但她的丈夫被派去了新潟工作,两人目前分居。附近的居民看到高柳经常进出宇佐的家。"

"八号到十一号期间,高柳去过宇佐家吗?"

"我们正在调查,目前还不清楚。高柳的车是一辆宝马跑车,如果他开着这辆车经过火灾现场,一定很惹眼……"

走访小队的调查中,没有一句证词显示在现场目击到了可疑车辆。

葛警官想了想,下达了指令:"继续跟踪。"

对此,村田警官有些不悦,但他没有反驳。

夜幕降临,盯梢的刑警们分散在市内各处。

当晚,风更大了。呼啸的风声笼罩着冬日的街道,摇曳的树木发出树叶摩擦的沙沙声,人们裹紧了大衣在街上快步走着。繁华街道的热闹也转瞬即逝,街上早已没有了人影。

到了这个时间,消防总局尤其紧张。刮风的街道上,刑警们埋伏在隐蔽的角落,等待纵火犯行动。葛警官在会议室里一边等待下属的报告,一边独自思考。

呜咽般的风声在会议室回荡。夜深了，长夜过去，东方即白。

那晚之后，再也没有发生可疑火灾。

十三号（星期六）和十四号（星期日）连续两天没有发生可疑火灾。这两天天气很冷，还刮着大风，基本上不会有普通市民在这样的夜晚出门，埋伏的刑警们在这两天也几乎没有看到任何可疑的人影。

从八号（星期一）开始发生可疑火灾，到十二号（星期五）葛警官带领的群马县公安局搜查一科成立专案组后，火灾突然就不再发生了。

专案组有人分析，这是因为犯罪嫌疑人只在工作日作案，或者说犯罪嫌疑人因为某种原因，周末无法自由行动。

"虽然暂时不知道有没有关联，"村田警官说，"宇佐绿的丈夫宇佐吾郎这周末回了家，所以周末高柳没有去宇佐家。"

此外，刑警们也在监视高柳和大野原的家，可以肯定的是，这个周末两个人晚上都没有出门。

葛警官要求下属们继续进行走访和盯梢，并让人对其他几个报警人进行调查。除了矶俣之外，警方还收集了在自己房间里看到起火的下西美礼、发现可燃垃圾燃烧痕迹的上毛清洁公司的坂田章清等人的详细证词。针对周末晚上刑警们发现的几个可疑路人，也进行了详细的调查，但都没有发现什么可疑之处。星期一晚上也进行了盯梢,只看到一些上班族深夜回家,没有任何人做出可疑的举动。当晚不仅没有发生可疑火灾,连普通火灾也未发生。

调查的目的是预防案件发生,但如果没有新案件,就没有新的调查线索,随着纵火事件的停止,调查的进展也随之停滞。

星期二一大早,搜查指挥官小田警官叫来了葛警官。因为没有空房间,两人便在审讯室里面对面坐着。

小田指挥官说:"看来不太顺利啊。"

"因为没有找到新线索。"葛警官答道。

小田指挥官的语气很平淡,没有为难的意思,却有些强硬。

"你们周五在太田市开始调查,从周五晚上起,连环纵火就没有发生了。"

"……"

"难道盯梢的警察被犯罪嫌疑人发现了?"

葛警官毫不犹豫地回答:"有可能。"

"你不打算维护一下自己的下属吗?"

"我只是认为有这种可能性。就我个人而言,我相信专案组的优秀刑警们即使被犯罪嫌疑人发现了,也会有所察觉。"

"那为什么纵火停止了？"

"可能只是巧合。"

小田指挥官想了想，摇了摇头："有可能，但这没有说服力。是什么导致了这种巧合？"

小田指挥官平时在大多数情况下都支持葛警官的调查策略。与其说是站在葛警官一边，不如说他想让葛警官自己去调查，这样更能解决问题。如果这一次暴露出了调查人员的不熟练，高层可能会追究调查人员的责任。但葛警官觉得怀疑他们失败的并不是小田指挥官，而是搜查一科的科长新户部警官。

葛警官和小田指挥官都察觉到了这件事。

"我和上级都对你们队的破案率刮目相看。但是，你们组似乎过于依赖你一个人了。你的调查手法很独特——搜集案件的各类信息，独自完成最后一步的推理过程。这种手法恐怕不是常人能学会的，但是你不能永远在公安局担任领导，如果下属没有长进，我们公安局的调查能力就会下降。"

"您是在要求我多多培养下属吗？"

"我不是在要求你，自己的能力是要靠自己精进的。只是，我个人……"

小田警官把重音放在了"我"这个字上。葛警官猜，这大概是上面的意思。

"我不确定你的下属是否和其他队的刑警一样有进步，如果犯罪突然停止不是因为调查暴露，那么你还能给我一个比巧合更好的解释吗？"

"当然有。"

"说来听听。"

"或许犯罪嫌疑人已经达到了他的目的，所以没有再纵火。"

"他的目的是什么？"

"还不知道。"

小田指挥官摇摇："那就没有谈的必要了。你知道的，老葛，我们警察的工作不是阻止纵火，而是逮捕纵火犯。在这种干燥的季节里，放任纵火犯不管会很麻烦。不管案件是否继续发生，在逮捕犯罪嫌疑人之前，专案组都不会解散，这是我们公安局内部的讨论结果。但是，如果仍然没有太大进展的话，我们会派出支援。到那时，你们队就要撤回来了。"

这是对葛警官的队伍的批评，也是警告。

葛警官说："我已经派了合适的人进行调查。目前，我认为没有必要改变调查策略。"

小田指挥官双手在审讯室的桌子上十指交叉，说："可以。内部的报告要注意保密。"

"明白。"

NHK[①]的地方新闻频道报道了太田市发生连续纵火案件的新闻,葛警官让下属打开了会议室的电视。

电视报道几乎从未提供过对案件调查有直接帮助的信息,毕竟报道的信息主要来源是警方,所以不会有其他新线索。即便如此,刑警们仍会打开电视或阅读报纸。看到自己参与的事件引起社会关注,这能激励刑警们。此外,他们还可以获得额外的信息,比如相关部门对案件的支援和应对、检察机关的意向、受害者的动向等。但更重要的是,通过报道,调查的进展情况会传达给犯罪嫌疑人。报道会披露案件多少信息,哪些是只有犯罪嫌疑人和警察知道的信息,要想知道其中的区别,只能通过新闻报道去辨别。

电视台对从上周一开始的太田市连环纵火案进行了较为详细的报道,以纵火发生的垃圾堆放点为出发点,介绍了纵火案的地点、时间和纵火次数等信息,但没有提及纵火的目标——回收日前一天投放的可燃垃圾,这个信息显

---

① 日本广播协会,日本的公共媒体机构,是日本第一家覆盖全国的广播电台及电视台。——译者注

然是特意没有公开的。在调查过程中，警方向公众发布一些信息，同时有意隐瞒其他信息，这是一种常见的做法。作为现场指挥官的葛警官，并不清楚负责接受采访的太田南公安局和群马县公安局总部向大众媒体透露了多少信息，又隐瞒了多少信息。他也是第一次在电视上得知没有透露这一信息。

连环纵火案的第一个报警人矶俣在接受采访时，讲述了他在星期一晚上如何发现火灾、向消防总局报警并试图灭火的经过。接着，电视中出现了消防调查员幡野。幡野穿着消防员制服，戴着头盔，一脸严肃地对着镜头说：" 接下来的天气将会变得干燥，希望市民们更加小心。如果您发现火灾，请立即拨打 119 报警电话。不要在住宅周围放置可燃物，不要把垃圾放在外面，经常清理枯叶等，让易燃物品远离房子周围，这可以防止被人纵火。即使发生火灾，也可以减少损失。"

最后，主持人在演播室里说：" 是的。请居民多加注意，也希望犯罪嫌疑人能尽快被逮捕。" 说完，结束了新闻报道。

会议室里还有几个刑警，他们时不时看一眼电视，看到新闻报道中对这个案件的描述后，就三五成群地回到各自的工作岗位。

午餐时间到了，葛警官吃着面包，端着牛奶咖啡，回想着这则新闻。

这时,一个刑警冲进了会议室,是葛警官特别指派搜查连环纵火的宫下警官,宫下的神情显得异常兴奋:"队长,有新发现。"

葛警官十指相扣:"说说看。"

宫下警官点了点头,似乎这才回过神来:"我按照指示调查了大野原,出现了新的线索。"

"是《周刊深层》吗?"

"是的。"

葛警官命令宫下警官与当地刑警合作,检查大野原、高柳和宇佐扔掉的垃圾,特别要注意杂志类的垃圾。

宫下警官继续说道:"大野原扔掉的资源回收纸张中,有一本刊号是十二月十五日的《周刊深层》杂志,其中有多页被撕毁,与纵火案现场出现的杂志内页相匹配。"

宫下警官觉得这个就是犯罪嫌疑人的犯案证据,但葛警官的反应显得有些冷淡。

"只有现场发现的那一页被撕破了吗?"

一瞬间,宫下警官皱起了眉头:"不是,用于点火的是第一百一十九页和第一百二十九页,而大野原扔掉的《周刊深层》除此之外还有第七十五页、第七十七页、第一百二十五页也被撕掉了。"

葛警官沉默了一会儿，好不容易有证物出现，还是本案中首次发现的与凶手有关的证物。只是这可以作为逮捕大野原的证据吗？

现场发现的杂志残页没有检测出指纹，能将大野原的犯罪与杂志联系起来的唯一证据是被撕掉的是同一页纸，但犯罪中未使用的页面也被撕毁了，即使申请了逮捕令也很有可能被驳回。

"说服力不够。"葛警官自言自语道。

《周刊深层》的发现让专案组活跃了起来，同时也让刑警们感到如隔靴搔痒。

专案组全体成员一致认为，证据已经有了，大野原肯定是犯罪嫌疑人，但所有人也清楚，现在的证据还不足以逮捕大野原。

目前最直接的方法就是继续调查大野原，并在他再次点火的现场将其抓获，然而他已经四天没有犯罪了，不能保证他会再次作案。这四天里，大野原没有作案的原因，既不是因为汽车故障，也不是因为身体不适，警方也未查明具体原因。

如果要求大野原配合调查，并对其进行审讯，他可能会招供罪行，也可能不会。在缺少证据的阶段要求大野原配合调查,最后却无功而返,大野原可能就永远不会再犯罪。如果发生这种情况,哪怕已经确定了犯罪嫌疑人,案件最终也只能成为悬案。

为了寻找新的证据和证词,刑警们继续走访周边,但依旧没有线索。虽然有人负责排查监控,但案发现场的垃圾堆放点并没有监控,几乎不可能找到拍下犯罪嫌疑人的影像。专案组现在必须做出选择——继续进行之前的调查,还是让大野原配合调查。

葛警官并不赞同专案组成员的看法,因为大野原的罪行尚未确定。在调查中,任何事情都有可能发生,有利的偶然情况和不利的偶然情况都会出现。也许是大野原碰巧购买了《周刊深层》,又碰巧撕掉了纵火的页面。因此葛警官并没有解除对高柳的跟踪,而是让下属继续每晚的盯梢行动。不过,葛警官也没有否定大野原是犯罪嫌疑人的推测。

葛警官猜测,如果大野原是犯罪嫌疑人,他应该不会再犯罪了。

葛警官在小田指挥官面前说过,可能是下属盯梢时暴露了导致的,当时他也说了,他实际上并不认为是下属被犯罪嫌疑人发现了,他推测大野原是自愿放弃纵火的。

为什么?是因为大野原已经达到了目的吗?

调查还没有什么新的收获,太阳又落山了。吃完饭,刑警们又分散到市内各处盯梢。今晚刮着赤城下行风，外面又冷又干燥。

葛警官等着盯梢小组联系他，这是一段安静的时间。会议室里只有葛警官和太田南公安局的两名刑警，他们在紧急情况下可以充当葛警官的向导兼司机。

纵观整个案件，葛警官觉得如果进行审讯，大野原十有八九会招供，但他不打算用"十有八九"去赌一个可能性。毕竟是人来进行搜查的，不可能十全十美，偶尔也会在某些细节上出现小小的差错。可如果只差一点点就能接近完美，那就必须做到尽善尽美。

葛警官认为，这起案件侦破的关键在于动机。

平时在调查时，葛警官并不重视动机。所谓动机，换言之就是"欲望"。人的欲望一般都差不多，基本集中在金钱欲、性欲和解忧上。除此之外的欲望，则是无法预测的。如果依靠不可预测的东西进行调查，就会误入迷宫，因此葛警官平时办案不强调探查动机。

但是这次的案件情况不同。大野原没有前科，不是惯犯，从他的社会角色来看也没有特别之处。如果大野原是犯罪嫌疑人，他的犯罪动机应该是有逻辑的。只要找出他的犯罪动机，大野原就不会再抵抗。

所以，大野原的目的是什么呢？反复纵火的原因又是什么呢？

难道只是因为看到火焰飞舞,心情就会变好吗?看着消防车聚集在一起很有趣吗?或者说,除了这些常见的动机之外,还有大野原自身的理由?

在这多起纵火案中,葛警官总觉得有些不对劲的地方,众多证词和证物之中,似乎有某样东西存在疑点。

是什么东西呢?

面对安静的无线电对讲机,葛警官重新研究起案件资料。

燃烧的垃圾袋照片、点火时使用的纸张照片、火灾调查员幡野的名片、市内可燃垃圾回收安排表、第一报警人矶俣的供述笔录、调查材料移交书复印件、关于小河峰雄的报告、上毛清洁公司相关人员的供述笔录、大野原扔掉的《周刊深层》的照片,以及其他各种文件。

文件、文件、照片、照片……

葛警官轻声说道:"为什么是垃圾?"

他稍作停顿,又改口说:"为什么是可燃垃圾?"

火灾调查员幡野表示,只有在回收日前一天扔出的可燃垃圾被盯上,这可能是当地居民对违规倒垃圾者的不满所致。此外,他还提到,被点燃的厨余垃圾含有大量水分,不易燃烧。

也就是说,被点燃的垃圾是相对不易燃烧的。

意识到了这一点时,葛警官的目光被一张照片吸引住了。这是矶俣拍摄的火灾现场的照片,照片中,塑料垃圾袋正在熊熊燃烧。

葛警官发现了自己之前遗漏的东西:在燃烧的可燃垃圾旁边,有一个装有报纸的纸袋和几个用塑料绳绑着的纸箱,这就是他一直觉得不对劲的地方。

"旁边就有一袋纸,为什么犯罪嫌疑人不点燃这袋纸呢?纸张更容易燃烧才对。"

"为什么犯罪嫌疑人一定要点燃可燃垃圾呢?或者说……"

葛警官轻声说道:"不可以是纸吗?"

然后,他又改口说:"不可以是易燃物吗?"

葛警官打开了案件报告。

既然大野原是达到了某个目的而停止纵火,那么这个目的是什么时候达成的呢?

葛警官明白,之前持续的纵火事件在上周五晚上之后就完全停止了,大野原应该是在上周五之前就已经达到了他的目的。但在这种情况下,上周五晚上负责盯梢的刑警还是注意到了大野原,这让人有些在意。上周五晚上和今晚一样,风很大、天气很冷,街上几乎没有行人。当时大野原什么都没做,只是盯着垃圾堆放点,然后离开。现在回想起来，大野原那天晚上应该是在考虑要不要纵火。

因此，有两件事已经清楚了。

首先，大野原达到了纵火的目的，且是在上周六之后。再者，大野原原计划在上周五纵火，但由于某种原因没有进行。

葛警官仔细查看报告中关于夜间气象的部分。

星期一：多云，有时有雨，微风

星期二：多云，无风

星期三：多云，微风

星期四：多云，有时有雨，无风

星期五：晴，大风

星期六：晴，大风

星期日：晴，大风

星期一：晴，大风

其实也不需要看报告，葛警官早就从幡野那里知道了纵火只是一场小火灾的原因。

从上周一开始就一直没有太阳，虽然没有下大雨，但空气湿度很高，风也很微弱。在这个季节，这种天气很反常，但遇上这样的天气也算是幸运了。

恰恰相反，正是因为空气潮湿、风力微弱，所以犯罪嫌疑人才选择点火。因此，在大风肆虐的星期五晚上，他并没有点火。

"犯罪嫌疑人他……"在灯光明亮的会议室里，葛警官低声说道，"害怕火势失控。"

这也是为什么在天气不好的夜晚，犯罪嫌疑人会点燃水分含量高的厨余垃圾。

当然，即便是含有厨余垃圾的可燃垃圾，也不能保证不会燃烧得很旺。如果垃圾袋里的物品是易燃物，火势仍有可能会很大。这只不过是犯罪嫌疑人的自我安慰罢了。

借此，葛警官掌握了犯罪嫌疑人的心理特征——犯罪嫌疑人害怕引发火灾，而这种恐惧正是他的动机。

葛警官看了看手表，时间是晚上八点四十分，他转身对当地刑警说："你知道大野原工作的超市关门时间吗？"

刑警一愣，回答道："应该是晚上九点。"

"很好，把车开出来，上车后用无线电通知其他人。"

说着，葛警官从座位上站了起来，穿上了夹克外套。

美而卡吉井是一家连锁超市，在太田市拥有四家店铺，其中的美而卡吉井昭和店是一家提供当地生活必需品的大型超市，设有可停放四十辆汽车的大型停车场。

葛警官坐警车到达美而卡吉井昭和店时，已经是晚上十点左右。虽然商店已经关门，但店内仍亮着灯，店员们正在进行打烊后的整理工作。

葛警官坐在车里观察了一下店铺。入口处的卷帘门已经拉下，表明今天的营业时间已经结束，门口有一名看似保安的男子正在回收交通锥。葛警官警惕地打量着这名男子，他看上去只有三十多岁，不是大野原。店门口贴着一张很大的告示，上面写着"回收箱已移至店内"。

保安注意到了葛警官的车，便走近他们。驾驶座上的刑警摇下车窗，保安面带歉意地说："不好意思，已经关门了。"

刑警看了葛警官一眼，葛警官说："我们是警察。"

保安突然紧张起来："啊，呃。"

"店长在吗？"

"啊，是的。"

保安听说是找店长的，明显松了一口气："嗯，店长应该还在里面。"

"那麻烦你把门打开一下。"

几分钟后，在办公室里，葛警官和太田南公安局的刑警与超市的店长碰面了。也许是为了最大限度地利用空间，狭小的房间里塞了一张小桌子和一把小椅子。这位店长也是一个三十多岁的男人,他的名片上写着"日比谷洋介"这个名字。

面对日比谷满脸的疑惑,葛警官直截了当地问:"很抱歉,耽误您下班了,有件事我需要问一下。"

"什么事?如果是小偷的话……"

"不,不是这个。过去的一周里,您这有没有发生什么变化?"

"变化……是关于超市的,对吧?"

日比谷歪着头思索。

"嗯……超市的话,商品陈列的布局每天都在变,如果你说的是雇用新人或者有人辞职的话,这周没有人事变动。"

葛警官进一步问:"我看见外面贴着一张告示,说回收箱已经搬到了店内。那是什么意思?"

"啊。"日比谷面露苦涩之色,"那样还是不行吗?我之前已经向市政府咨询过……"

"能详细说说吗?"

日比谷看了一眼墙上的时钟,轻轻叹了口气,开始解释:"回收箱是用来回收牛奶盒和食品托盘的,通常会设置在我们这种超市里。我们店本来是把它放在店外的,最近才搬到店内。其实我是想把它放在外面的,那样整理回收箱里的物品比较方便，而且顾客二十四小时都能扔可回收物。不过，这几天不是很乱吗……"

"很乱？"葛警官问道，"这是什么意思？"

"哎呀，就是……警察先生应该知道的。"

日比谷吞吞吐吐的，葛警官等着他继续说。

日比谷一边看着狭窄的办公室，一边说："就是那个啊，连续纵火。最近总发生纵火事件，就有人提意见说，不要把牛奶盒这种可燃物直接放在店外，所以最近我们店关门的时候就会把回收箱搬进店内。因为回收箱会有味道，我们就决定把它放到室内停车场。只是回收箱的话也没什么大不了的，但是超市都会有很多纸箱，有人还说要把叠好的纸箱搬到一个地方锁好，所以我们歇业之后的工作突然变得复杂了很多。"

"由于发生了连续纵火案，所以你们尽量不在店外放置可燃物。我的理解没错吧？"

日比谷点了点头，似乎并不觉得这样做有什么问题。

"是啊，嗯，就是这样。"

"日比谷先生，我想请您再告诉我一件事。"葛警官缓缓地问道，"您刚才说，有人建议不要把可燃物留在超市外面，意思就是这个建议不是您作为店长提出来的。那是谁呢，是谁说不要把可燃物放在超市外面的？"

或许是觉得话题偏离了自己，日比谷松了口气："啊，是我们这里的一位保安，大野原先生。很久以前，他工作的单位发生了火灾，所以他总说超市周围最好不要放置易燃物品。他说得确实有道理，但我每天都很忙，一直没有时间推进这个事。然后，市里就发生了纵火案。虽说犯罪嫌疑人现在的目标是垃圾堆放点，但谁也不知道他什么时候会把火种扔进回收箱。大野原告诉我，如果超市不采取任何措施的话，万一回收箱真的被人点火烧了，这家超市在这个社区的信誉都会毁于一旦。我也觉得他说得没错，最后就决定把回收箱放进店里。"

"那是从什么时候开始的？"

"嗯……从上周六开始。"

葛警官点点头，站了起来："很抱歉在您下班的时候打扰您，回家时注意安全。"

第二天，即十二月十七日星期三，专案组要求大野原孝行配合调查。大野原强烈否认纵火事件与自己有关，但面对被撕掉的《周刊深层》时，他陷入了沉默，当警方提及他的犯案动机时，他直接承认了罪行。

大野原流着泪说："我啊，为了不让火灾发生，不让火灾再一次发生……真的，真的没办法。虽然很害怕，但我这么做只是为了防止火灾。"

这样的供述并没有被记录在大野原的逮捕令申请书上,大野原最终因涉嫌建筑物以外的纵火而被捕。

美而卡吉井超市昭和店后来收到了多起投诉,称营业时间外不能投放可回收垃圾很不方便。案件侦破四天后,太田南公安局的刑警告诉葛警官,那家超市的回收箱已经重新放回店外了。

是真的吗?

三月七日中午，JR 高崎站前发生了一起伤人事件。通过调查监控，警方锁定了一名嫌疑人小峰彻次（三十九岁），并以杀人未遂对其发出逮捕令。群马县公安局总部刑事科搜查一科的葛警官带队前往埼玉县本庄市，计划在小峰的住处实施抓捕。

　　小峰曾经是黑社会成员，有持枪前科，因此此次抓捕由小田指挥官坐镇指挥，他按照公安局的着装标准，命令葛警官及其下属全员携带手枪并穿戴防弹装备。葛警官到达现场后，根据周边情况部署了警力。

　　小峰住的是公寓，房间面积六张榻榻米①大小，房间号是 202 号。从前一晚开始，高崎公安局的刑警就一直在监视小峰的房间。盯梢的刑警报告称，202 号房间里除了小

---

　　① 日本常用榻榻米作为衡量房间大小的单位，一张榻榻米为一点六二平方米，常见的单身公寓房间一般是六张榻榻米，约为九点七二平方米。——译者注

峰之外，还有一个人——小峰的情人长菅麻奈美（三十七岁）。她昨晚进入202号房间后，就再也没有出来过。长菅住在群马县伊势崎市，在该市的一家酒吧工作，按理应该很快就会回家。专案组命令葛警官他们原地待命，等到长菅离开小峰的房间后再行动。

下午一点零二分，长菅离开了202号房间，葛警官的下属开始抓捕行动。房间内的小峰没有理会门外刑警的敲门声，偷偷跑到了阳台上。幸好，葛警官事先在那里安排了刑警，顺利将其制服。下午两点三十一分，小峰因杀人未遂被捕，抓捕过程中没有刑警受伤。由于专案组设置在高崎公安局，所以押送小峰去高崎公安局的任务便交给了当地的刑警，葛警官和下属则返回群马县公安局总部。

与以往不同，这一次葛警官他们乘坐的是人员运输车。空间本就不算大的车内，坐满了身穿防弹背心的刑警。他们的表情中透着几分疲惫，也有着抓捕嫌疑人后的安心和成就感。

对于刑警来说，工作才刚刚开始。为了配合公审，刑警们必须进行证据搜集工作，并将调查内容以公开、清晰的形式记录在案。高崎站的伤人案发生在光天化日之下，嫌疑人手持菜刀袭击行人，性质极其恶劣。由于目击者众多，整理所有人的目击笔录需要花费很长时间。不过，案件总算是暂时告一段落了。

然而,下一个案件又发生了。

车内驾驶席上坐着的是宫下警官,他拥有包括 A1[①]、B2[②] 等在内的各类驾驶证,副驾驶则坐着葛警官。时间已经过了下午三点,车子来到了伊势崎市的郊外,车内播放着警用无线电通信设备的声音。

"这里是群马总部,呼叫前桥。"

"这里是前桥,请讲。"

"接到报警称,在前桥市住吉町四丁目七番地一号的一栋民宅内听到有人吵架,还有砸东西的声音,请派遣最近的派出所人员前往。报警人是横井夏芽,已通知她在原地等待。这是今日第十二个报案电话,时间是下午三点零六分,接线员是川野。完毕。"

"前桥收到。"

"群马总部收到。下一通 110 报警,群马总部呼叫伊势崎。"

"这里是伊势崎,请讲。"

---

① 拥有 A1 驾照可驾驶大型客车。——译者注
② 拥有 B2 驾照可驾驶重型、中型载货汽车或大、重、中型专项作业车。——译者注

"接到报警,请沿国道462号线前往伊势崎市南町十番地二号,目标地点是梅尔斯特伦餐厅伊势崎店。这是一家家庭连锁餐厅,顾客和店员突然从店里跑出来,一群人聚集在路上。暂时不清楚详细情况,请派遣最近的派出所人员前往。这是今日第十三个报案电话,时间是下午三点零七分,接线员是川野。结束。"

"伊势崎收到。"

人员运输车在红灯前停下。现在是工作日的下午,路上车流量不大。宫下警官克制着打哈欠的动作,不想被葛警官注意到。

葛警官当然注意到了。

忽然,无线电里的声音变得急促起来,葛警官皱起了眉头。

"这里是群马总部,呼叫各分局。目标地点伊势崎市南町十番地,国道462号线沿线的梅尔斯特伦餐厅伊势崎店。接到多起报警称,一名男子劫持了这家店的员工,从相貌和衣着来看,是一名三十多岁的男性,穿焦茶色运动鞋。附近的人手都去支援了。来自群马总部,完毕。"

"伊势崎二号机呼叫群马总部。"

"这里是群马总部,伊势崎二号机请讲。"

"伊势崎二号机正在沿国道462号线向北行驶,准备前往现场。完毕。"

"群马总部收到。完毕。"

葛警官没有看宫下警官,直接问道:"就在前面吧?"

葛警官很少会确认自己已经知道的事情,宫下警官简短地回答:"是的。"

葛警官缓缓地拿起无线电麦克风。因为是平时不常坐的车,所以他还看了一眼无线电的呼叫号码。

"这里是群马,呼叫群马总部。"

"这里是群马总部,群马请讲。"

"总部,搜查一科重案组正在伊势崎市的国道462号线向北行驶,准备赶赴现场。完毕。"

"群马总部收到。完毕。"

宫下警官看了一眼葛警官。刚刚结束了一个紧张的任务,后座上的刑警们原本还以为可以喘口气了。宫下警官下意识地希望葛警官不要回复无线电,但同时他也清楚地知道,刑警不能从犯罪现场溜回家。归根结底,是时机不巧。

葛警官下令:"紧急行驶。"

"明白。"

载着搜查一科精锐的人员运输车亮起转向灯,鸣响警笛。宫下警官不禁想象后座的刑警们是什么表情。他们应该会有点厌烦吧?然后马上又会恢复成工作状态。事实上,官下警官自己也是如此。

梅尔斯特伦餐厅是一家家庭连锁餐厅，总部位于枥木县，主要在关东地区的道路沿线开设分店。店内日式、西式、中式的热门菜品一应俱全，价格适中。群马县内的分店还推出了当地特色的烤馒头和煮乌冬面，甜点种类也很丰富，生意一直很好。

在收到无线电消息四分钟后，葛警官乘坐的人员运输车就到达了现场。葛警官看了一眼梅尔斯特伦餐厅，皱起了眉头。这家餐厅的建筑共有两层，一楼是没有外墙的停车场，要进入店内，必须走外部楼梯上二楼。餐厅两侧分别是家居卖场和公寓，建筑物都与梅尔斯特伦餐厅相距甚远。公寓的窗边有不少居民探出了头，许多不安的面孔盯着现场。

店里虽然是玻璃幕墙，但全部用百叶窗遮住了。伊势崎南公安局的几辆警车已经到达现场，身穿制服的警察们将餐厅包围了起来。葛警官的下属们下了车，等待他的指令。

这时，葛警官的手机响起，是搜查一科的新户部科长打来的。新户部警官的声音中充满了愤怒："你太爱出风头了，葛警官。"

葛警官平静地回答："我听从了指挥室的指示，我不能无视指挥。"

"这是一起劫持事件，特殊行动队会出面，你别插手。

你就负责收集和报告信息，支援特殊行动队的工作。"

"我知道了。我们会在现场收集信息，等待特殊行动队到达并交接。"

通话挂断。

葛警官拦住了身边一个穿着制服的警察，询问他当地的指挥官是谁，得知伊势崎南公安局地区科科长伊村警官已经抵达现场。

伊村警官是一个五十多岁的男人，身材魁梧，看起来不太和善。

葛警官立刻向他报告："我是总部搜查一科的，我姓葛。根据搜查一科科长的指示，我们将维持现场秩序，直到特殊行动队到达。"

伊村警官听了脸色不太好，但也没有为难葛警官。

"好。刚才犯罪嫌疑人露面了，我们队的山里警官拍了一张照片，你看一下。"

"好的。"

"虽然现在百叶窗合上了，看不见里面，但犯罪嫌疑人还在店里，还有很多目击者。我们负责设置警戒线，让我们共享信息吧。"

"好的。"

葛警官对一个下属，说："联系梅尔斯特伦餐厅总部，确认伊势崎店内是否有内部监控。如果有，问问能否远程查看数据。然后，把餐厅的平面图和监控数据发送给我。"

又对另一个下属说道："你去搜查一楼，不要被餐厅里面的人发现。记下停车场里面停着的车，调查一下车牌号。看看除了外面的楼梯之外，还有什么办法可以上楼。"

然后他命令其余的刑警："其他人都协助问讯。记下从餐厅跑出来的人员姓名，列个名单。询问一下里面发生了什么，把有特别信息的人带到我这里来。"

刑警们按照指令，开始行动。一名身穿制服的警察走近伊村警官，他的警帽下露出短短的灰白色头发，这是个上了些年纪的男人。

"警官，现在有时间吗？"

伊村警官对这位即将退休的警察很尊敬："当然，请说。"

"我看到了山里警官拍的照片，我觉得上面的人长得很像志多直人。"

"志多？"

伊村警官皱起了眉头："你是说那个坏小子志多吗？那家伙闹事是在十几岁的时候吧？到现在大概有十五年了。"

"嗯。我以为他结婚后就安分了，没想到……虽然他的样貌有些变化，但还是能认出来。"

"好，让生活安全科发一张照片过来，也许以前有人负责教育过他。你知道志多的联系方式吗？"

"已经联系地区科查询了。不过，即使有，也是以前的联系方式。"

"我知道了，你继续维持现场秩序吧。"

这位上了年纪的警察回到了自己的岗位。

突然，包围梅尔斯特伦餐厅伊势崎店的警察们一片哗然——犯罪嫌疑人用手推开百叶窗，露出了脸。

葛警官看清了犯罪嫌疑人的脸。犯罪嫌疑人有一头栗色的短发，身上穿着深棕色高领毛衣。因为只能看到脸，所以无法判断他的身高和体型，但脸颊不胖不瘦。在葛警官看来，那张脸显得并不凶狠，反而流露出困惑和绝望。

警察们之所以哗然，不仅仅是因为犯罪嫌疑人露面了，还因为看见他手里拿着一个黑色手枪状物体。

伊村警官低声说道："这是真的吗？"

这时，劫持犯隔着玻璃墙高声喊道："退后！不许靠近！"

这是案发以来，犯罪嫌疑人提出的第一个要求。

很快，伊势崎市的劫持犯可能持有手枪的信息通过无线电对讲机立即传遍了群马县所有警员。刑事科科长立即下达指示，命令枪械对策队出动。

劫持犯只出现了几秒钟，随后又从警方的视线里隐退。警方的无线电对讲机霎时间此起彼伏。这时，葛警官的一名下属将一名女子带到了他面前。

在发生劫持事件时，警方有时会借用现场附近的商店等设立临时指挥部。不过这次设立指挥部是特殊行动队的工作。葛警官守在车载无线电附近，一边迎着干燥的风，一边指挥。下属带来了一位女士，她身穿白色衬衫、米色背心和黑色裤子，看起来像是梅尔斯特伦餐厅的制服。她低着头，紧闭着嘴唇，仿佛在努力克服恐惧。

下属介绍道："这位是代崎惠女士，是梅尔斯特伦餐厅的员工。事发时她正在上菜。"

下属并没有直接提到代崎女士掌握了什么线索。葛警官听后，点了点头："代崎小姐，很高兴看到你平安无事。我想问你一些关于此次劫持事件的问题。你应该已经和这位警官谈过了，但我还是想先了解一下你的年龄和住址。"

代崎微微点头，并告诉葛警官她今年二十六岁，家住伊势崎市。

"那么，请详细描述一下事件发生时的情况，越详细越好。"

"呃，其实我知道的也不多……"

"任何细节都很重要。"

代崎握紧了颤抖的拳头，开始讲述："我是大厅的员工，负责点单和上菜。当时我正在工作，突然听到厨房里传来'快跑'的喊声，紧接着紧急铃响了起来，吓得我把菜都弄撒了。我以为是失火了，就去找店长，但没找到。于是我对店内的客人说'请冷静避难'，但我太害怕了，只发出了很小的声音……后来我看见厨房里有人跑了出来，我也跟着跑出来了。就这些。"

"你有没有看到什么和平时不同的人或物品，或者听到什么异常的声音？有没有发生和平时不同的事情？"

代崎摇摇头："好像没有，和平时差不多。只有一个顾客比较特别，其他就没有了。"

"是什么样的人？"

"是一个老爷爷。"

在避难时，代崎没有意识到发生了什么事，所以也没有特别注意可疑人物。

葛警官改变了提问的方向："你知道店内店员的人数和名字吗？"

"我知道，稍等一下。"

代崎沉思着说："大厅里是我和仓本，厨房是安田和王春美。"

"一共有四名店员，对吗？"

"是的。不算上青户店长的话，是四个人。"

"你说听到了有人喊'快跑'，你知道是谁的声音吗？"

代崎想了一会儿，才回答："那是一个男人的声音，而且是从厨房里传出来的，我以为是安田。不是他吗？"

"这个我们现在正在调查。当时店里有多少客人？"

"啊，你突然这么问……"

代崎疑惑着，开始掰手指："店里的桌子有一张、两张……这家店有一百五十个座位，因为已经过了用餐高峰期，所以客人很少。上座的人数应该不到座位的一半，也可能是三分之一，或者更少……有三……四十人吧。"

"好的。你的同事们都撤离了吗？"

代崎肯定地点点头："是的，所有人都在。仓本、安田，还有王春美。"

葛警官停顿了一会儿，问："青户店长呢？"

代崎忽然睁大眼睛，用手捂住嘴："呃，你是说包括店长在内吗？店长……啊，我没看到他，可能他已经逃出来了吧。"

葛警官命令带来代崎的刑警："确认青户店长的下落。如果找不到，就联系梅尔斯特伦餐厅总部问问店长的相关信息。"

刑警点点头,立即转身离去。

当地电视台的转播车到达现场,记者站在警戒线外开始报道,围观的群众也逐渐聚集起来。

伊势崎南公安局生命安全科的莲井警官在确认了劫持犯的照片后,给伊村警官打了电话。伊村警官随后与葛警官转述了对话内容。

"生命安全科也认为嫌疑人是志多。志多直人,三十四岁,有伤人前科和多次交通违章记录。不过,伤人事件是十五年前的事情了,公安系统里有他家的电话号码,现在我们正在和他家里联系。"

"你知道那起伤人案的具体情况吗?"

"可能是纠纷或者被纠缠吧?他打断了对方的胳膊,被判有罪,最终判处缓刑。他不是个好人,但也算不上什么大恶人。"

一名下属联系上了梅尔斯特伦餐厅总部,然后,他把手里的平板电脑递给葛警官查看。

"店内有监控,但无法远程操控,能联网获取的只有POS 数据[①],另外还有店铺平面图和照片。"

---

① 商品销售信息。——译者注

葛警官查看平面图，发现大厅内有三十二张桌子，可以进出的门有两个：一个是正门，另一个是搬运食品的小门。店内除了大厅外，还有厨房、办公室、设备室、客用厕所、员工厕所、储藏室以及门斗，每个房间都安装了紧急按钮。

下属指着图上的几个区域说："监控摄像头在这里、这里……还有这里。"

除了大厅里安装了两个摄像头外，还有一个摄像头对准出入口。葛警官目测，这个出入口的摄像头对他们来说是个难题。如果试图靠近并探查里面的情况，一定会被监控拍得很清楚。

店内的照片显示，无人的大厅里摆放着几张桌子和椅子，桌子之间都用隔板分开。

葛警官把平板电脑还给下属，并下达了命令："在图上标记监控摄像头的位置，然后把资料全部传给总部，再打印一百张出来供现场使用。"

"好的。"

下属立即开始操作平板电脑。

梅尔斯特伦餐厅内没有动静，葛警官想知道志多为什么要劫持这里。到目前为止，志多只提出了"退后"这一个要求。

一名下属带来了一个穿着围裙的男人。葛警官询问了他的名字和年龄,他说自己叫安田明治,四十一岁。

"我负责厨房工作,已经工作十年了。"

安田在葛警官提问之前,主动介绍了自己的工作情况。葛警官点点头,对他说:"请告诉我餐厅里面发生了什么。"

安田显得很困惑,他说:"其实,我也不是很清楚。当时我听到了一个奇怪的声音,接着紧急铃就响了。有人喊了一声'快跑',大厅里的客人就都往外跑了,所以我也打算跑出来。就是这样。"

"打算跑出来吗?"

"虽然不知道发生了什么,但我必须先关火。所以,我是关了火后才跑出来的。我可能是最后一个离开餐厅的人。"

葛警官翻了翻手里的记录手册,他已经把现场的情况记在脑子里,手册上什么也没写,不过是做了一个翻看记录手册的样子。

"你听到了一个来源不明的声音,然后紧急铃响了,有人说'快跑'。没有错吧?"

"是的,没错。"

"原来是这个顺序啊。"

安田的眼珠一转,又说:"哦,不,你是问先后顺序吗？让我想想……抱歉，我刚才没考虑先后顺序。嗯，是先听到了叫喊声。在一个奇怪的声音响起来之后，有人喊着'快跑'，然后紧急铃响了。是这样的顺序。"

葛警官看着手册点点头："那么，你是从哪里听到奇怪的声音和叫喊声的？"

"这两声都是从办公室传来的，这个不会有错。"

说完，安田的脸色变得有些阴沉："啊，不过还是准确一点比较好，这两声都是从办公室的方向传来的。"

葛警官想起了餐厅的平面图，办公室有两扇门，一扇通向厨房，另一扇通向一条短通道。

"声音有没有可能不是从办公室里发出来的，而是办公室旁边的过道里发出的？"

安田谨慎地回答："不是，听起来不像是从那么远的地方传来的。"

"你知道是谁发出的叫喊声吗？"

"我知道，是青户店长。"

葛警官把目光从手册上移开，盯着安田："你看到他了吗？"

"我没看到，但那就是店长的声音。而且，今天的排班里只有我和店长是男人。"

葛警官等着他继续往下说，但安田非常肯定，那就是店长的声音。

葛警官翻开一页白纸,继续问:"能更详细地说说'一个奇怪的声音'吗?"

安田歪着头:"嗯,那是一个很大的声音。哦!像是东西从桌子上掉下来的声音,'当啷'一声。"

"像打碎盘子一样?"

"我们的工作确实容易打碎盘子,但不是那种声音,更像是……怎么形容呢,总之是一个声音,感觉像是重重的'咚'的一声,整个房间像翻了个底朝天一样。"

安田边说边张开了双臂。

"我明白了。那么从听到那个声音到听到'快跑',间隔多久?"

"你在怀疑我吗?真的有声响,王春美也在厨房,你可以去问她。"

葛警官重复着同样的问题:"不是的。我只是在问你从听到那个声音到听到'快跑'之间,花了多长时间。"

"哦,是这个意思啊。那你直接这么问就好了。"

安田仰望着天空:"抱歉,我也不知道。当时我在工作,对时间的感觉很模糊。我感觉很快就听到了,大约三十秒……我想最多也就一两分钟吧。"

葛警官点点头,叮嘱安田暂时不要回家。

在梅尔斯特伦餐厅的周围,站着从餐厅内逃出来的人。他们一个个都阴沉着脸抬头看着店里,其中也有想回家的人,但警方让他们留下来,直到询问结束。警戒线内侧,一片嘈杂。

一名下属前来报告:"队长,从店内逃离的一共是三十一名顾客和四名店员,没有人受伤。我们让有同伴的顾客互相确认过,所有人都在。"

据代崎说,店里有五名店员。

葛警官问:"谁不在?"

"青户勋,也就是店长。我向所有店员核实过了,没有人看到店长离开店里。"

这时,负责收集青户信息的刑警也来报告了这件事。

"青户勋,四十六岁,住在伊势崎市南町。这是他的照片。"

平板电脑显示的照片上,青户的脸上洋溢着活力和自信的笑容。他的皮肤略显黝黑,脖子粗壮。

葛警官从人员运输车的副驾驶座上拿起警用麦克风:"这里是群马,呼叫群马总部。"

"这里是群马总部,群马请讲。"

"在伊势崎市的梅尔斯特伦餐厅劫持事件中,有三十一名顾客和四名店员成功撤离。店长青户勋,四十六岁男性,目前失踪，很可能还在店内。完毕。"

对面的回复稍显迟缓："这是否意味着青户勋被扣为人质？完毕。"

"这一点还不清楚。完毕。"

"那么，嫌疑人持有的疑似手枪的物体呢？"

"关于嫌疑人持有疑似手枪状的物体，目前正在确认中。"

"请告知那把手枪的真假。完毕。"

"目前无法确认。完毕。"

"群马总部收到。完毕。"

一阵警笛声靠近，两辆支援的警车抵达了现场，都是伊势崎南公安局的警车。也许是在期待特殊行动队的到来，有一名刑警嘀咕道："怎么是他们？"

志多偶尔会从百叶窗后露面，但并没有提出任何特别的要求。不过，也有可能他说了些什么，但被厚厚的玻璃墙挡住了，声音没有传出来。

葛警官目前还不知道志多的手机号码，只知道梅尔斯特伦餐厅伊势崎店的电话号码，但他不打算打电话。与犯罪嫌疑人的接触和交涉在很大程度上会左右案件的走向，这不是葛警官一个人就能决定的。虽然可以向高层提议与犯罪嫌疑人通话，但葛警官暂时不考虑这个方案。在未确认店长下落的情况下接触犯罪嫌疑人，很有可能被对方夺走主导权。

警方开始分发打印出来的餐厅平面图，葛警官也拿到了一份。随后，一名下属带来了一位避难者，这名男子没有穿制服，显然是一位上了年纪的顾客。他穿着蓝色衬衫，上面黑色污渍，是新沾上的。

他站在葛警官面前，兴奋地挥了挥手："你是负责人吗？我和你说，这家餐厅太差了。"

"请冷静。首先，请告诉我您的姓名、住址和年龄。"

男子立刻停止了挥舞手臂的动作。

"我必须告诉你吗？"

"请配合调查。"

男子叹了口气，不情愿地报上了自己的信息。

"久岛一伸，七十三岁，住址是伊势崎市内。"

"谢谢您的配合。您有没有受伤？"

男子摸了摸他的左手肘："逃跑的时候，胳膊肘撞到大门了，现在还是很痛。"

如果有人在事件中受伤，就必须确认受伤程度，葛警官命令一旁的下属："安排救护车。"

久岛立刻把手从胳膊肘上拿开："不是什么大不了

的伤。"

"请务必接受治疗。"

"不，疼痛已经好很多了。"

既然说撞到了还很痛，即使本人改口，也需要经过医生的确认。一个优秀的刑警做事从不放过任何细节。一旁的下属立即拿起人员运输车上的无线电麦克风，请求公安局总部安排救护车。

葛警官淡淡地说："请一定要接受治疗。"

久岛犹豫地说："嗯……如果警察这么说的话也没办法了……虽然我已经没事了。"

"那么，请告诉我店里发生了什么？"

听到这句话，久岛立刻恢复了愤怒的表情。

"说到这个，我去这家店吃饭已经有七年了，但没想到它居然是那样的店。店长换成现在的青户先生后，确实也发生了一些奇怪的事情。不过，我当时还是觉得这是一家不错的餐厅，所以一直去吃。"

"店长换了之后，发生了奇怪的事情？"

"对啊。"

"请告诉我具体是什么事。"

"西班牙土豆蛋饼从菜单上消失了，还有番茄蛤蜊意面也是！"

葛警官点点头:"我记下来了。那么请告诉我今天店里发生了什么事?"

"紧急铃响了。"

"你知道是为什么吗?"

"一定是那个男人闹起来的吧!有个奇怪的男人在纠缠店员。就是因为有那种人,所以才不太平啊。警察应该平时就抓住那样的人,对不对?"

带久岛来的下属感到十分尴尬,一脸埋怨地看着他。

葛警官问久岛:"那是一个什么样的男人?"

"我没见过。"

"……"

"从我的座位上只能听到那个男人在抱怨,看不见脸。我是透过隔板听到的声音。"

葛警官想起了店内的照片,桌子之间确实设置了隔板,座位上的视野并不好。

葛警官给久岛看了店内的平面示意图,让他指出自己的座位和那个男人的位置,久岛指出的位置和他的供述内容没有矛盾。

"那你知道那个男人在说什么吗?"

久岛指着自己的耳朵:"我不知道别人在抱怨什么,他说话并没有那么大声。再说,我是来吃饭的,怎么会注意别人在说什么？不过，我还是听到了一句'和说的不一样'。"

"和说的不一样？还有别的吗？"

"我说了，我不会注意别人在说什么，我能记住的就只有这些了。另外，我看到那个男人朝洗手间的方向走了。隔着隔板，只能看到他的后脑勺。"

"头部有什么特点吗？"

久岛露出了恼怒的表情："我已经说过很多次了，我没有太注意他！我只知道他染了头发。比起那个男人，你能先听我的事情吗？"

"那个男人的头发染的是什么颜色？"

"浅棕色的，我说了，你有在听我说话吗？"

"当然，请说。"

葛警官说完，久岛一脸满意地挺起了胸膛。

"那家餐厅的人，即使紧急铃响了，也没有引导顾客撤离，店员直接自顾自地跑了。太离谱了！响起了一个声音，就把菜弄撒了，连道歉都没说就跑了。如果这是在军舰上，这样的船员就应该被判死刑！死刑！店员应该一直待到最后，确认没有人后，再悄悄地走出来吧？我觉得这样的店真的太离谱了。你们是警察，应该懂的吧？"

"这么说的话，久岛先生有过在军舰上当兵的经历吗？"

"不，那倒没有……"

葛警官严肃地点了点头："感谢您的配合。急救人员已经到了，请在那里接受治疗。"

久岛还想说什么，但只得离开。带久岛来的下属一脸愧疚地说："不好意思。他说他看到了一个可疑的人，所以我就带他来了。"

葛警官似乎并不介意："重点询问那个纠缠店员的男人的信息，一定还有其他人看到或听到了。"

下属回到避难者那边后，葛警官重新查看起店内的平面图。店内的顾客上厕所时，要经过一条狭长的通道，而那条通道除了厕所外，还连接着储藏室、设备室和办公室。

在餐厅一楼搜查的下属回来了，他一边展示用手机拍摄的照片，一边开始报告："一楼是停车场，几乎全是小汽车和自行车。我记下了所有汽车的车牌号，现在正在进行查询。一楼的角落里有一个设备室，上了锁打不开。联系锁匠应该可以打开，但不知道里面是否与二楼相通。"

葛警官又确认了一遍平面图。

"不，设备室不是复式结构。"

"那么上楼的正常路线只有两条。一条是客人使用的外楼梯，入口是双开玻璃门。由于从里面可以看到入口的情况，所以无法靠近，更别说确认大门是否上锁。另一条路线是搬运食物用的外楼梯，直接通往厨房。这个入口的门是向内开的金属小门。我试着拧了一下门把手，发现门是锁着的。这扇门也可以请锁匠打开，但如果劫持者很谨慎，他可能会在里面用一根棍子抵住门。"

"你说有两条正常的路线，那不正常的路线是什么？"

"客用厕所的窗户上有铁栏杆，但员工厕所的窗户上没有。窗户很小，体格健壮的成年人过不去，身材矮小的人也许可以爬进去。另外，大厅是玻璃墙，如果有需要，我们也可以用梯子爬上二楼，打破玻璃墙进入餐厅。二楼的高度是三米二，目前还不知道玻璃的种类和硬度。"

"好，把照片发给总部。"

下属一离开，葛警官就用无线电对讲机向总部报告情况，总部只回复了一句："群马总部了解。"

另一名下属带着一名穿着梅尔斯特伦餐厅员工制服的女子来了。如果代崎说得没错，她应该是仓本。

仓本自我介绍道："我叫仓本香里，负责大厅的工作。"

葛警官和之前一样，询问餐厅里面发生了什么，仓本说："我听到'快跑'的声音，然后紧急铃就响了。"

"你知道是为什么吗？"

"我不知道。"

葛警官从仓本的话中感受到一丝犹豫的语气,并不是她在包庇谁,而是她在害怕自己的证词会冤枉别人。

"即使是目前可能不准确的信息也没关系,我们警方一定会进行严格查证的。"

听完,仓本轻轻点了点头。

"有可能是我误会了。不过当时有一位顾客非常生气,他说餐厅的食物和他想象的不一样。他还说要见店长,所以有可能……"

葛警官操作着平板电脑,调出了志多直人的照片:"是这个人吗?"

仓本盯着照片,用力地点了点头:"是的,没错。"

久岛提到的那个男人,果然是志多。

"这个人还做了什么?无论多小的细节都可以说说看。"

"好的……让我想想应该从哪里开始说。"

说着,仓本开始咬指甲,过了一会儿,她怯懦地开口:"我的排班是从下午三点开始的。下午两点五十分左右,我从前门进去,来到办公室,在那里换了衣服。快三点的时候,我去了大厅,先给靠窗的客人上了一份番茄培根意面。因为没有顾客需要点菜,所以我回到了厨房的柜台。当时,二十七号桌的草莓芭菲已经准备好了,我把它放在托盘上端过去。一开始客人很高兴,过了一会儿他就生气了，说'这和说的不一样'。"

"这是什么意思？"

"他说，自己是听说这道菜品里面没有放坚果才点的。"

"是因为会过敏吗？"

"他是这么说的。他说之前向店员确认了有没有放坚果。因为店员说没有所以才点了，结果和说的不一样。梅尔斯特伦餐厅的芭菲上会撒杏仁碎，所以如果有人说里面没有放坚果，那肯定是不对的，也难怪客人会生气。一开始，客人似乎误以为我就是那个犯错的店员，但误会消除后，他要求我叫犯错的店员过来。"

说错话的人应该不是刚上班的仓本。

"出错的店员是谁？"

仓本沉默了，低下了头。看样子她知道是谁，但不想成为告密者。葛警官没有强迫她说，眼前的事件太严重了，她不会因为不想说而保持沉默。

果然，仓本犹豫了一下，还是开口了："我想，应该是汤野小姐吧。"

葛警官查看手头的避难者名单，没有发现汤野这个名字。

"我听说店里除了你，还有大厅员工代崎小姐、厨房员工安田先生和王小姐，再加上青户店长，一共五个人。汤野小姐是谁?"

"汤野小姐……嗯,她叫汤野有加里,也是大厅员工。我和她的排班经常错开,有时候周末才会一起工作。"

"你为什么认为是汤野小姐犯的错呢?"

"代崎的家人都有过敏症,所以她平时会特别注意过敏原。店长有时会出现在大厅里,但那位客人不可能把我和店长搞混。"

"你当时就意识到是汤野小姐说错了吗?"

"是的。"

"那你把汤野小姐叫来了吗?"

仓本睁大了眼睛,显得非常意外。

"不,我们不会因为这种问题让人出来负责,而且汤野本来就已经下班了。"

葛警官陷入了思考。

"你说过,你和汤野小姐经常错开时间上班,今天也是这样吗?"

"是的。汤野应该是三点下班的,我们在走廊里还碰到了。"

葛警官问:"你知道汤野小姐的手机号吗?或者邮箱地址、其他联系方式之类的。"

仓本害怕地缩了一下,然后点点头:"知道。"

"那请立即联系一下她。"

"呃，但是我的手机在储物柜里……"

说到这里，仓本露出了尴尬的笑容。

"不，没什么。"

葛警官猜到，仓本可能违反了餐厅的规矩——在工作中不允许携带私人手机。仓本从口袋里掏出手机进行操作，葛警官也隐约听到了拨号的声音。

就这样过了十秒、二十秒、三十秒。

仓本瞥了葛警官一眼。葛警官说："继续。"

等待了一分钟左右，仓本将手机从耳边拿开。

"电话里突然说，您拨打的用户关机或信号不好。"

看样子，可能是汤野的手机被人关机了。

"汤野小姐今年多大？知道她的家庭住址吗？"

仓本思索着回答道："我没问过，但她应该是二十五六岁。住址的话，很抱歉，我不知道。"

葛警官向带来仓本的刑警下达了指令："向总部报告，很有可能还有一个人在店内。名字是汤野有加里，二十五六岁，住址不详。"

刑警从人员运输车内拿出麦克风，葛警官一边听着他向总部汇报，一边又问了仓本一个问题："那么，那位点芭菲的人之后做了什么？"

仓本摇摇头:"我不知道。我跟他说,犯错的店员已经下班了,他就让我去叫店长。后来他看我不知所措的样子,就让我先回去工作了。"

"那个男人有大喊大叫吗?"

"不,没有。他好像很生气,但声音不大。最主要的是,那个男孩很失望,因为他不能吃芭菲了。他一声不吭地坐在位子上掉眼泪,我看着也很心疼。"

葛警官认真地看着仓本:"男孩?点芭菲的男人还带着一个男孩吗?"

仓本眨了眨眼睛:"我没说吗?没错,我送芭菲的那一桌坐着一个男人和一个男孩。"

伊村警官来了。

"找到志多妻子的电话号码了。喂,志多他……带着他的孩子啊。"

葛警官默默地点了点头,伊村警官不悦地皱起了眉头。

"什么啊,你已经知道了吗?那你早跟我说啊。"

"这是刚才和您擦肩而过的目击者告诉我的,我还没告诉总部呢。"

过了一会儿,葛警官补充道:"就请伊村警官向总部报告吧。"

伊村警官的脸色一下子变得好了许多。

"那我就恭敬不如从命了，抱歉啦。对了，告诉你，志多带的孩子叫志多春太，今年六岁。你还有其他信息吗？"

葛警官将目前为止的调查结果告诉了他。伊村警官咂了咂嘴："过敏啊？作为父母，他们肯定不会善罢甘休的。"

葛警官沉默着，伊村警官像是想补充些什么一样继续说："干吗这么看我？我的孩子不能吃猕猴桃，所以，平时在外面吃饭要非常小心。今天是志多春太和他爸爸一年一次的外出，结果却……"

说着，伊村警官看了看葛警官的表情。

"哎呀，我要告诉你一件事，志多带着儿子来店里的原因。"

"从伊村警官刚才的话中，我已经猜到了。"

"我想也是，但你不能凭'猜测'行事。我告诉你吧，今天是志多的儿子的生日。"

"下午三点开生日会，是不是有点奇怪？"

"志多是一名出租车司机，通常是隔天上班。他从昨天到今天都在工作，凌晨四点才回到家。他小睡了一会儿后，就来到店里为儿子庆祝生日。志多的妻子是保育员，正常下班时间是下午四点，但几乎每天都在加班，所以通常晚上八点左右才回到家。据说这个生日本来打算由父亲在白天庆祝，晚上由母亲庆祝。"

在庆祝会上，志多确认甜点不含过敏原后点了芭菲，但实际上芭菲中含有杏仁，儿子因为不能吃芭菲而感到非常失望。

葛警官自言自语地说道："我理解志多向店员抱怨的心情，但是……"

伊村警官接过话茬："就是这点。我能理解他抱怨的心情，如果他是在与店员发生争执后，一气之下选择劫持餐厅的话，这似乎也说得通。否则，只能解释为志多服用了某种药物，导致精神失常。但我不明白的是，他怎么会事先准备好枪。老葛，你觉得那把手枪是真的吗？"

伊村警官根本不相信那是真枪，所以才这么问。

在梅尔斯特伦餐厅里，除了志多直人之外，还有志多春太、店长青户勋和大厅员工汤野有加里。

这个消息震惊了公安局总部，因为这意味着事件从劫持餐厅升级为劫持人质事件，必须紧急接触犯罪嫌疑人。然而，擅长处理劫持人质事件的特殊行动队还没有到位。搜查一科的新户部科长在电话中向葛警官下达了指示："给店里打电话，获取信息。"

葛警官是负责重案的专家，新户部科长也知道他在处理劫持人质事件的谈判上缺乏经验,但由于事态紧急,葛警官也没有反对。

"明白。"

本来应该用公安局总部和其他警察也能旁听的电话,但现在器材还没有送到,葛警官就开启了手机的录音功能和扬声器功能,并命令下属近距离架起录音机。他拨通餐厅的电话,随着铃声响起,周围的人都屏住了呼吸。

"你好,这里是梅尔斯特伦餐厅伊势崎店。"电话那头传来一个紧张的中年男子的声音。

"我是群马县公安局总部搜查一科的葛警官。你是谁?"

"我是店长青户。"

葛警官预料到会是店里的人接电话。从犯罪嫌疑人的角度来看,他不知道打电话的是不是警察,如果是客人或商务合作者的电话,为了不把事情搞复杂,会选择让店员接电话。

葛警官问道:"犯罪嫌疑人在你身边吗?"

"是的,就在我面前。"

"你在哪里?"

"我在办公室。"

"店内除了你和犯罪嫌疑人,还有谁?"

对面沉默了一段时间,五秒钟、十秒钟过去。周围的刑警们脸上露出了不安的表情。葛警官静静地等待对方说话。

然后，青户回答道："他叫我不要回答。"

"那么请用'是'或'不是'来回答。"

"是。"

"犯罪嫌疑人的儿子在店里吗？"

"是。"

"他没事吗？"

"是。"

"汤野有加里在店里吗？"

"是……是。"

"她没事吗？"

葛警官得到了一个格外不妙的回答。

"不是。"

刑警们骚动了起来，葛警官环顾四周，让周围低语的人安静下来，再次问道："汤野有加里受伤了吗？"

"不是……是。"

青户在犹豫应该如何描述汤野的状态，葛警官换了个问法。

"汤野有加里还活着吗？"

青户回答得很慢，声音也很沉重："不是。"

突然，电话那头传来动静，听起来像是有什么东西被打破了。

青户大喊起来："汤野被杀了！就在我面前！快救救我！这家伙疯了……"

电话被挂断了。

目前无法确认汤野有加里的死讯是否属实，但公安局总部已联系伊势崎市消防总局，并要求救护车和急救人员在现场待命。特殊行动队还需要大约十五分钟才能到达，公安局总部也下达了"不要出现第二个死者"的指示。

葛警官继续拨打餐厅的电话，在劫持人质事件中，必须与犯罪嫌疑人保持联系。然而，不知是犯罪嫌疑人拔掉了电话线，还是无视了来电，等了两三分钟，电话依然无人接听。

附近的一名刑警指着梅尔斯特伦餐厅的玻璃墙说道："喂，看那个。"

只见志多探出头来，正在玻璃上贴着什么东西，上面好像写着什么文字，但从葛警官的位置看不到。葛警官从人员运送车里拿出双筒望远镜，这是今天抓捕小峰时带来的。

贴在玻璃墙上的，看起来像是 A4 大小的复印纸。上面用稚嫩的文字写着"离开停车场的入口，不许在后面追上来"。

这是志多第一次提出明确的要求。葛警官再次给餐厅打电话，但还是无人接听。虽然提出了要求，但志多没有要谈判的意思。

一名刑警陪同一名穿着厨房员工围裙的女子走来。女子行了个礼，报上姓名。

"我叫王春美，在这家餐厅的厨房工作了两年。"

"请告诉我里面发生了什么。"

"我听到办公室那边传来'快跑'的声音，接着紧急铃响了。我关掉了炸锅，安田关掉了炉子和烤箱，然后我们就逃走了。"

"你知道是谁说'快跑'的吗？"

王春美歪着头说："我以为是青户店长。因为是男人的声音，男店员只有安田和店长。但我没有看到人。"

王春美的供述与安田所说的完全一致。葛警官对此产生了怀疑，他看了一眼陪同王春美的刑警，向她问道："离开商店后，你和安田先生聊过吗？"

王春美摇摇头："没有。我不知道发生了什么事，正在想该怎么办。这时警察来了，我一直在和警察说话。"

在王春美身后的刑警微微点头，王春美看起来似乎没有和安田统一口径的机会。葛警官一边在脑海中整理事件的经过，一边继续提问："在'快跑'的声音响起之前，有什么和平时不一样的事情吗？"

"没有，没什么特别的。"

"你有没有看到或听到什么？"

王春美听后，露出了疑惑的神色："什么都没有。我像往常一样处理订单……但安田说他听到了一些声音。"

"是什么声音？"

"我不知道，因为我什么都没听到。"

"安田先生能听到而你听不到，有什么原因吗？"

王春美肯定地点了点头："因为我站在炸锅旁边，那时我刚把鸡肉放进去炸，油炸鸡肉的声音很大。"

葛警官点点头。

"安田先生说的话可以描述得更详细些吗？"

王春美皱起眉头，在脑海里搜索着记忆。

"当我开始炸鸡的时候，安田问我：'你有没有听到什么？'我说我没听见，安田就看向办公室说：'我听到了，真的。'"

"请继续。"

"因为安田一直担忧地看着办公室的方向，我就说'要不要去看看'，但安田最后说'已经开始煮了'，所以没有去。"

葛警官略加思索，问道："'开始煮'是指什么？"

王春美立即回答："是意大利面。"

"安田先生刚开始煮意大利面，所以没有去看办公室的情况。为什么？煮面的时候不是有空去看看吗？"

王春美惊讶地睁大了眼睛，她看着葛警官，微微一笑："你知道不是这样的。你明明知道，但还是问我这个问题。"

"……"

"煮面条并不意味着就没事干了。厨师在煮面条的时候，还必须准备碗、食材、酱汁等。虽然因为菜品不同会有差别，但一般来说，一旦开始煮面，就是在和时间赛跑。"

"安田做的是那种'一开始煮意大利面就离不开厨房'的料理吗？"

王春美立即点头："是的。安田在做墨鱼汁意面。店里有番茄酱，但是要做墨鱼汁意面必须把墨鱼汁酱和番茄酱混合在一起。意大利面煮好后，需要将鱼贝类等配料、意大利面和墨鱼汁酱等调料拌在一起。而且，厨师的本能是一旦烹饪开始就不会离开。"

"你观察得很清楚。"

"因为他们让我仔细观察。安田的技术非常好，看着安田的操作能学到很多东西。"

王春美的叙述没有停顿。一般来说,在叙述时没有停顿,要么是说话的人提前准备好了回答,要么是说话的人思维转得很快。葛警官认为,这次是后者。王春美事先不可能知道会被问到如何做意大利面。

"顺便问一句……"葛警官说完,又问了一个问题,"墨鱼汁意面要煮几分钟?"

王春美微笑着回答:"意大利面本身和其他面没有什么不同,所以只需要四分半钟。"

她这次的回答也是脱口而出。

"队长。"

葛警官的下属气喘吁吁地前来报告:"我联系了梅尔斯特伦餐厅总部,确认店内是否出售玩具。他们说确实有在收银台前出售。"

很多家庭连锁餐厅都会售卖玩具。对于葛警官来说,梅尔斯特伦餐厅会售卖玩具也不奇怪。

下属继续说:"我让他们给我发了目前销售的产品清单。清单里有个东西让我很在意,所以我要了一张照片,就是这个。"

下属操作手中的平板电脑,调出图片,屏幕上显示着一把黑色的手枪形状的水枪，质感看上去显得非常廉价。

"我把这个和志多出现时拍摄的图片进行了比较，这两个东西很像。队长，那把手枪不是真的。"

平板电脑屏幕上排列着志多拿着枪和水枪的图片。确实，志多手里拿着的手枪状物品，无论是枪管的长度，还是从手中露出的枪柄的颜色来看，都与图片中的水枪非常相似。

但是葛警官只说了一句："好，我会向总部报告的。"

下属原本对自己的发现感到兴奋，此刻看起来就像射击时脱靶了一样，瞬间泄气了。

"那我先回去了。"

下属刚准备离开，葛警官高声喊道："你帮我问一下梅尔斯特伦餐厅总部。"

"问什么？"

"今天下午两点四十五分到三点之间，伊势崎店点了多少份墨鱼汁意面？"

刑警笑了一下，但他马上意识到葛警官不可能在这种场合开玩笑，立刻收敛了表情。

"只问墨鱼汁意面吗？"

"对，立刻去问。"

在警察的工作中，没有什么是不紧急的，尤其在现场更是如此。尽管如此,既然葛警官说出了"立刻"一词,那么这就是优先级最高的任务。下属拿出手机,立即拨打了梅尔斯特伦餐厅总部的电话。

又有一名下属带来一个避难者。

那是一个笑容满面的年轻人,看起来很兴奋。当葛警官问及他的名字时,他却不情愿地说了一句:"我必须告诉你吗?"

葛警官淡淡地回答:"这是刑事调查,请务必配合。"

"是吗?但是我拍到了犯罪嫌疑人的视频,能不能不报姓名啊?"

"请你配合。"

年轻人感到有些错愕,叹了口气:"我叫铃村照星。"

"请告诉我你的年龄和住址。"

"我是受害者,对吧?不过我之前也跟警察说过了,所以告诉你也没关系。我今年二十九岁。"

铃村的住址也在伊势崎市内。葛警官拿起手册,说:"请告诉我店里发生了什么。"

"看视频比听我讲更快。"

铃村一边递出手机,一边说道。鉴于事情的紧迫,葛警官放弃了主导权。

"我知道了,请给我看一下。"

"这段视频很不得了哦。"

铃村打开手机,按下视频播放键。画面上,镜头聚焦在草莓堆积如山的甜点上,铃村的声音传来:"请看!这是梅尔斯特伦餐厅的特制圣代。"

甜点的另一边,是一个拿着勺子的女人:"等了好久了!话说,圣代到底是什么?和芭菲有什么不同?"

"我怎么可能知道。这很重要吗?重点是那个吗?"

"好吧,随便啦,我不在乎。"

铃村拿着手机,尴尬地挠了挠头:"这段和案件无关,我跳过。"

葛警官却坚持道:"不,给我看看。"

"是吗?行吧,反正也不长。"

在视频中,女人舀了一勺圣代,品尝后惊呼:"好吃!"

紧接着,一道人影从画面的边缘闪过,一个低沉的声音传来:"我问你,你们店长在哪里?"

或许是因为铃村回头看向声音传来的方向,手机的摄像头拍到了声音的主人,是志多。志多正在询问大厅的员工代崎。

镜头又回到了圣代上。志多的声音不大,也不激昂,但明显带着愤怒。代崎毫不犹豫地回答:"如果不在大厅,可能在办公室。"

"办公室在哪里？"

"就在客用厕所对面。"

志多没有道谢就走了。在他身后，有个小孩子泪流满面地说着："爸爸，爸爸，算了。"

镜头再次转向圣代，铃村说："刚刚怎么了？好像不太妙啊。"

吃圣代的女人似乎并没有太在意。

"服务行业总会遇到这种事的，也有可能，他是店长的朋友呢。"

"我不喜欢工作时来办公室找我的朋友。"

"我懂。我家附近开了一家汉堡店，店长的朋友经常过来坐坐，真的很烦。"

"那么，圣代怎么样？"

"我没告诉你吗？超级好吃。"

"这上面有坚果啊，我不喜欢坚果。"

"别在别人吃的时候说这些。不过，这个坚果还挺好吃的，你吃一口就知道。"

"那给我一口？"

"可以啊。"

突然，远处传来一声"快跑"的呼喊声。铃村和女人虽然注意到了这个声音，但没有做出什么反应，店内也没有因此变得嘈杂。但紧接着，紧急铃响了起来。

女人说："呃，是不是很危险的意思？"

"按错了吧？"

店里有几个顾客从座位上站起来。

"各位客人！"

镜头转向声音的来源，只见代崎举着手，说："请保持冷静，从靠近入口的座位上依次撤离。请注意楼梯！"

于是，客人们纷纷开始跑向大门。吃圣代的女人说"我们也走吧"的时候，屏幕突然移动，朝向了天花板，似乎是铃村弄掉了手机。

"啊，完蛋。"

到这里，视频结束了。

铃村有些得意地笑了。

"是不是很惊人？我拍到了犯罪嫌疑人！"

葛警官一边向身边的下属招手，一边对铃村说道："感谢您的配合，您介意我保留这段视频吗？"

"如果是共享的话，当然可以。"

"另外，请告诉我视频中那个女人的信息。"

铃村的脸上露出为难的表情:"如果她知道是我说的,一定会讨厌我的。但这是刑事调查,也没办法吧。她叫辻川花。"

"可以把手机交给我们吗?"

铃村把手机抱在怀里,说:"当然不行,我工作还要用呢。而且,这个视频能卖钱。"

铃村说着,看了一眼电视台的转播车。

葛警官合上了手册,道:"虽然我没办法阻止你,但我劝你最好别那么做。"

铃村对葛警官的话产生了一丝警惕,说道:"为什么?你想逮捕我吗?"

"作为警察,我们不会介入,但这可能涉及民事问题。"

铃村挠了挠头,嘟囔道:"我听不懂你在说什么。"

这时,群马县公安局总部搜查一科的特殊行动队抵达了现场,葛警官亲自迎接了特殊行动队的科长三田村警官。

三田村警官比葛警官晚三年入职,是他的后辈。他那庞大的身躯塞在制服里,穿着防弹背心,戴着头盔。三田村警官看了葛警官一眼,有些不满地说道:"为什么葛前辈也穿防弹衣啊?"

"你不知道吗?我刚结束高崎站杀人未遂案的抓捕。不只是我,我的下属们也都穿着防弹衣。"

"就算你们有装备，也不需要你们的支援。未经训练的人在现场四处游荡，这本身就很危险。"

葛警官看了看手表："现在是三点四十九分，我将现场指挥权交给你。"

"特殊行动队接管现场，请告知我现场的情况。"

葛警官抬头看着梅尔斯特伦餐厅伊势崎店的二楼，玻璃墙上还贴着"离开停车场的入口，不许在后面追上来"的字条。

"一名持有手枪状物品的男子劫持了餐厅二楼。上二楼的楼梯有两个，一个是店铺正门，一个是后门。后门是锁着的，无法确认正门是否上锁。现场平面图看过了吗？"

"我收到了一张图，上面标注了店内监控的位置。"

"嫌疑人在餐厅的玻璃墙上张贴了要求，并拒绝与我们接触。自三点二十七分之后，他再也没有露面。店内人员包括店长青户勋、员工汤野有加里、嫌疑人志多直人和嫌疑人的儿子志多春太。我与店里通话时，青户勋说汤野有加里已经遇害，目前尚未证实。"

"明白。"

过了一会儿，三田村警官问道："嫌疑人持有的手枪状物品是真的吗？有没有什么信息？"

"没有确切的信息。"

"一点儿也没有吗?"

三田村警官一直追问这个问题,葛警官心里明白,有人向总部泄露了情报,他回答:"店内的收银台在售卖玩具,出售的水枪和嫌疑人持有的手枪状物品外观相似。"

三田村警官皱起了眉头:"这可是一个重要信息,为什么不早点说?"

"我没有隐瞒,只是认为它的信息优先级很低。"

"为什么?"

"我不打算插手特殊行动队的工作。如果告诉你们'那可能是水枪',之后的行动会有什么改变吗?"

三田村警官沉默了一会儿,咬牙切齿地说:"这不是一回事吧?"

即使发现志多持有的只是水枪,特殊行动队也必须假设这是真手枪并采取行动,因为必须确保万无一失。正如葛警官所说,就算听说那可能是水枪,三田村警官的指挥方针也不会因此改变。但即便如此,葛警官的说法对三田村警官来说也不算什么好话。

"既然你提到优先级,那么你有更重要的信息要先共享吗?"

"有。"

"那是什么?"

此时，葛警官的下属走近了，看到葛警官和三田村警官在交谈，他便停在原地。葛警官对他说："没关系，你可以说。"

下属虽然对三田村警官在旁边有些顾虑，但还是简短地报告了情况。

"关于刚才那件事，梅尔斯特伦餐厅总部给出了答复。两点四十五分以后，墨鱼汁意面的订单数量为一，只点了一份。"

三田村警官皱起眉头："墨鱼汁，你在说什么？"

葛警官回答："这是时间的问题。三田村，这个信息还没有和总部共享，我优先汇报给现场指挥官，小心青户。"

"青户？你是说被当作人质的青户店长？"

葛警官对满脸疑惑的三田村警官解释道："我现在非常怀疑，他真的是人质吗？我觉得，青户有可能持有凶器。"

此时，有风吹过。

葛警官说："你应该听到了我与总部的无线电对话。那家餐厅先是有人喊了一句'快跑'，然后紧急铃响了，顾客和店员都跑出来避难。但是厨房的员工安田说，在叫喊声之前，办公室里就有声音。他说那个声音听起来像是有东西掉下来，或者像是把整个房间都翻了个底朝天。"

三田村警官更加疑惑了。

"志多冲进办公室后,与青户店长和汤野有加里发生了争执,闹出了不小的动静。或者说,那时的动静就是汤野被杀时的声音。之后,店长喊了'快跑',并按下了紧急铃。这没有什么奇怪的地方吧?"

"听到那个声音时,厨房员工安田刚刚开始煮意大利面。墨鱼汁意面是一位叫久岛的客人点的,由大厅员工代崎传菜。代崎把意大利面放在久岛的桌子上时,正好听到了'快跑'的声音和紧急铃声,吓得她把食物弄撒了。"

"从顺序上看,没有错。"

"确实。但是,这家店的意大利面要煮四分半钟。"

三田村警官嘴里说着"啊",他的表情变得严肃起来。

"如果考虑到煮面的时间、搅拌意面和酱汁的时间、上菜所需的时间,那么从办公室里发出巨大的响声到'快跑'的声音,至少经过了六分钟。安田说两个声音间隔的时间大约是三十秒到两分钟,但他自己也说,当时他在专心工作,可能对时间失去了判断力。"

"六分钟……"

"志多和青户闹出巨大的声响后,安静地交谈了六分多钟吗?过了这么久,青户才突然喊'快跑'?"

"当然……时间有点长了,但是……"

三田村警官压低了声音,仿佛在回避周围。

"那六分钟时间里发生了什么?"

"我不知道。但是要注意,青户说汤野有加里已经死了。"

汤野在三点下班。梅尔斯特伦餐厅的制服是白衬衫、米色背心和黑色裤子,而且仓本说自己上班的时候,在办公室换了衣服。

"那家餐厅没有更衣室。员工要么穿着制服来上班,要么在办公室换衣服。既然办公室用作更衣室,当然会从里面锁上。但是三点多,仓本上班,汤野下班。志多为了向店长投诉而去办公室的时候,青户就在办公室里。青户可能用了店长的钥匙开门,也可能是汤野从里面开了门。"

三田村警官仔细消化着葛警官说的话。

"换句话说……在志多进入办公室之前,办公室里只有青户和汤野。"

"是的。"

三田村警官在胸前抱起双臂:"青户和汤野是什么关系?"

"可能性有很多,但这是之后应该调查的事情。现在我们知道的是,汤野三点多在办公室,青户去办公室大概就是前后脚的事。在那之后,办公室里传来了很大的声响。六分多钟后,志多去了办公室。紧接着,青户大喊'快跑',有人按了紧急铃。"

三田村警官终于明白了葛警官的意思。

"青户在办公室杀死了汤野有加里,而志多只是偶然闯入了现场。葛前辈,你是这个意思吗?"

"有这种可能。至少志多不是那个有机会和汤野单独在一起的人。"

葛警官松了一口气:"如果是青户杀了汤野,那么青户只有一个办法可以逃离这个地方,把所有行为都伪装成是志多所为,自己则扮演受害者。"

三田村警官用一句话反驳了这个观点:"那是不可能的,志多不可能配合。"

"他当然不会,但是志多还带着一个六岁的孩子。"

三田村警官盯着葛警官:"葛前辈,你认为是青户劫持了志多的儿子作为人质,让志多扮演嫌疑人?"

"非常有可能。他只要威胁志多,让志多偶尔从百叶窗里探出头来就可以了,电话就自己来接。"

"就算他这样做,也逃不掉啊。志多和他的儿子都会做证。"

"是的。青户要想逃脱,就不能让志多父子做证。"

三田村警官想起了葛警官先前的话,喃喃自语:"青户有可能持有凶器。"

"他之所以让志多拿着水枪，是想让志多看起来像一个罪犯，在必要时借警察的手消灭志多。不过，青户也不认为事情会按他预想的方向发展，他很可能已经准备好亲手堵住志多和他儿子的嘴了。如果时间拖得太久，青户可能就会动手，并谎称志多是被逼到绝境后，杀了儿子又自杀。不过，前提是志多没有反抗青户。"

无论是谁杀了谁，这都是劫持人质事件最糟糕的结局。

三田村警官愣住了："怎么会这样……"

"罪犯在走投无路时进行最后的挣扎是常有的事。当然，真相也有可能就是表面上看起来的那样。孩子过生日时被送上了含有导致过敏成分的甜品，愤怒的父亲在气头上做了蠢事。"

葛警官再次抬头看向梅尔斯特伦餐厅的二楼："但是，我还是建议你留意青户。我不想看到六岁孩子的尸体，也不想看到受伤的同事。"

事件发生约一小时后，群马县公安局搜查一科的特殊行动队以及枪械对策队于下午四点零二分冲进了梅尔斯特伦餐厅伊势崎店，劫持人质事件得到了完美解决。警方隐瞒了嫌疑人的姓名。在如此重大的事件中，警方对嫌疑人匿名处理的方式在社会上引起了不小的舆论。

晚上八点四十一分，青户勋因涉嫌杀害汤野有加里被捕。晚上九点的记者招待会上，青户勋被捕的事实被公开，同时，匿名嫌疑人被青户勋以人质要挟的证词也公之于众。

志多直人因涉嫌强迫罪被警方移送检察院，但最终未被起诉。三田村警官因现场指挥得当，并申请提前行动去抓捕青户，被授予"群马县优秀警察"称号。另外，搜查一科的特殊行动队和枪械对策队也获得了奖状。

庭审中，检方指出，青户勋逼迫汤野有加里与其交往，被拒绝后因为愤怒起了杀心，在实施杀人后的劫持行为也十分残暴，要求判处青户勋无期徒刑。辩护方认为，汤野有加里曾向青户勋索要巨额财物，而青户被汤野辱骂却未得到正面回应是此次事件的导火索，要求法院酌情考虑刑罚。法院的判决将是一场持久战。

葛警官关注了各类视频网站一段时间，发现铃村照星拍摄的视频没有上传到任何地方。志多直人在事件发生后被公司停职，但在伊村警官的帮助下，他最终回到了出租车公司。

事件发生后的第二个月，志多春太进入了伊势崎市立利根川小学。伊村警官后来告诉葛警官，志多春太看上去很活泼，似乎已经忘记了那起劫持事件。

图书在版编目（CIP）数据

可燃物/（日）米泽穗信著；钱苗苗译. -- 南京：
江苏凤凰文艺出版社, 2025. 5. -- ISBN 978-7-5594
-9234-0
　　I. I313.45
　　中国国家版本馆CIP数据核字第20256ED171号

KANEMBUTSU by YONEZAWA Honobu
Copyright © 2023 YONEZAWA Honobu
All rights reserved.
Original Japanese edition published by Bungeishunju Ltd., in 2023.
Chinese (in simplified character only) translation rights in PRC reserved by
Beijing Yuzhi Jinkun Culture Co., Ltd., under the license granted by YONEZAWA
Honobu, Japan arranged with Bungeishunju Ltd., Japan through CA-LINK
International Rights Agency, PRC.

江苏省版权局著作权合同登记章字：10-2025-26 号

可燃物

米泽穗信 著

责任编辑	耿少萍
特约策划	星　绯
特约编辑	星　绯
封面设计	普遍善良
责任印制	杨　丹
出版发行	江苏凤凰文艺出版社
	南京市中央路 165 号，邮编：210009
网　址	http://www.jswenyi.com
印　刷	天津中印联印务有限公司
开　本	880 毫米 ×1230 毫米 1/32
印　张	8.5
字　数	154 千字
版　次	2025 年 5 月第 1 版
印　次	2025 年 5 月第 1 次印刷
标准书号	ISBN 978-7-5594-9234-0
定　价	49.80 元

江苏凤凰文艺版图书凡印刷、装订错误，可向出版社调换，联系电话 025-83280257